龍應台

美麗的權利

（序）卡哇伊是要付出代價的
——胡美麗與龍應台的獨自對話

胡美麗：《美麗的權利》專欄其實是與一九八五年的《野火集》專欄同時寫、同步發表的，但是後來大家都知道你龍應台，忘記了我胡美麗。

龍應台：沒有真的忘記。你知道，一九九九年我踏進台北市政府到人事處去報到的時候，我在人事表格恭恭敬敬寫下「龍應台」三個字，一旁的人事官員立刻糾正說，「公務員要寫真名，不能寫筆名龍應台，你要寫真名胡美麗。」

他哪知道你才是假的。

不過你寫完了胡美麗的專欄之後就消失了，而且文章放了八年到一九九四年才出版。這真的很奇怪，稿子冷凍八年，尤其是你寫專欄的時候每篇都很受矚目，讀者反應蠻大的。

胡：那是因為專欄文字結束的時候，一九八五年底，我生孩子了。孩子一出來，我馬上發現胡美麗所鼓吹的兩性平權大受挑戰。譬如我餵母奶，我發現丈夫身上竟然沒有奶，我沒法要求他平等地和我一樣半夜起來去哺乳——用奶瓶就不是一回事！他的條件和我的不一樣，所以我想像的「平權」，顯然需要更細的計算。為了誠實，稿子就擱了八年。

我不是衛生紙

龍：三十年後重讀《美麗的權利》，還是覺得很「刺激」，很好笑，有時候「啼笑皆非」。恐怕今天的年輕人都不知道原來在三十年前，台灣還有不成文的「單身條款」——很多機關和公司要求女人結婚就辭職。三十年前，台灣的國籍法還規定孩子的國籍只能跟著父親，凡是跟外國人結婚的女人就沒有資格讓自己的孩子做中華民國國民。

最好笑的是你諷刺台北縣警察局，他們開會時派給女警察的任務是拿茶壺倒水，伺候男警察。胡美麗說：

縣警察局若事前設想周到，就應該讓這些女警換上兔女郎裝……就是緊身露胸的小衣，屁股上再綴上一團大絨球，穿上鏤空的黑色絲襪與高跟鞋。別忘了，頭上還得綁個特大號的花蝴蝶結。

那是台灣的一九九三年。

胡：我記得啊。結果竟然有「一群女警察」認真生氣了，投書罵我，說我侮辱了女警察，怎麼可以叫她們穿兔寶寶裝。

龍：那時公家機關譬如國父紀念館還會請女員工結婚就辭職。我記得你那篇叫作〈我不是衛生紙〉。你說：

「結了婚就得辭職」的真正涵義是說，對你而言，我是一張茅廁紙、一朵花、一個有可能征服的身體——你雇用我。一旦結了婚，在你眼中，我就成為一張擦髒了的茅廁紙、一朵殘敗的花、一個已經被人家「用」過的肉體——所以你要我離開……你不覺得自己可恥嗎？

三十年前，社會對你挑釁的哪些問題反應比較大？

胡：對於強暴反應最大。當時的普遍社會心態是，如果一個女人被強暴了，大家會覺得是因為那女的自己不檢點，或者穿著太暴露，媒體用一種「都是你不小心」的暗示語言報導，警察用一種「你自找的活該」姿態辦案，基本上就是說，只有女人自己賤才會招來強暴。對強暴者反而不太譴責，好像「老天就是會下雨所以你不帶傘就是活該」的那種觀念。

龍：找到這一段了。你說：

這是什麼狗屁邏輯？

愛美，是我的事。我的腿漂亮，我願意穿迷你裙；我的肩好看，我高興著露背裝。我把自己妝扮得嫵媚動人，想取悅你，是我尊重你，瞧得起你。你若覺得我美麗，你可以傾家蕩產地來追求我。你若覺得我難看，你可以搖搖頭，撇撇嘴，說我「醜人多作怪」、「馬不知臉長」，但是你沒有資格說我「下賤」。而心地齷齪的男人若侵犯了我，那麼他就是可恥可棄的罪犯、兇手，和我暴露不暴露沒有絲毫關係。你若還認為我「自取其辱」，你就該讓天下所有的女人都來打你一記耳光，讓你醒醒。

胡：問題在「性」。

女人的貞操，是被看作財產的，而男人被當作潛在的買主或者強盜。被強暴了，覺得是自己錯，東西被搶走了。如果女兒或妻子被人家給「睡」了，那麼就要人家出「遮羞費」。你記得嗎？三十年前媒體上三天兩頭有「遮羞費」的社會新聞。所以有一篇就叫「遮羞費」，我說的是，幹嘛啊，性是男人女人都愛的事，如果雙方同意，哪兒有「羞」需要「遮」，而且，憑什麼就是男人給女人錢來遮她的陰部，為什麼不是女人給男人錢來蓋他的陽具呢！性是取悅，是享受，怎麼做完之後就把它當作懲罰的理由、求償的工具、羞恥的標的呢？

這代表女人在假裝說，性的享受是男人的專利，女人是犧牲者、受難者。哪有這回事？

可是龍應台不是也忍不住談到性了嗎？

龍：我哪有？我都談大江大海國家大事，要不就目送安德烈，談心靈和素養。我跟你不一樣，我不談性。

胡：你在二〇一三年三月十四日禮拜四的行政院院會上說了什麼？

龍：呃……

胡：說！

封建的道德怪獸

龍：那一天，法務部提出「國家人權報告」，重點在台灣簽署了兩個世界人權公約之後落實的情況。我聽得很認真，然後實在忍不住要問一個問題。說「忍不住」代表平常是忍得住的。每周一次的院會，所有的部會首長都在，時間只有二到三小時，目的是讓首長們知道一些平常沒有太多接觸的其他部會的業務，更重要的是很多重大決策或要送立法院的法案必須在這個會議裡正式通過才真正成為決策。

因此時間寶貴，若非必要，不要囉嗦。

可是這一次我沒有忍住，實在是因為，碰到了一個我一向關心的議題，本來應該是胡美麗你會跳起來大聲嚷嚷的題目，但是你已經消失多年。

簡報結束之後我就舉手問：

在國外求學、工作的幾十年中，有兩個台灣的法條是讓我長期覺得羞愧的，一個是當年控制思想言論的刑法一百條，一九九二年修訂了，一個就是現在還存在的刑法二三九條，通姦者處一年以下有期徒刑。我無法想像，到了二十一世紀，台灣還用刑法來管理人民私人的情感和身體。請問對於通姦，法務部是否已經有了除罪的準備？

胡：好好笑，法務部怎麼說？

龍：當然是沒有。但是院會後法務部的主管來跟我說，其實問卷做過很多次，每一次都有高達百分之八十五以上的民意反對通姦除罪。法務部如果真的推動的話，可能會被轟死。

我一下子就明白了。問題不在法務部，保守的是社會大眾，是人民自己。沒多久，和台灣難兄難弟的南韓也廢除了通姦刑罰，台灣就只有和全世界的穆斯林國家同盟了。當然，還有一些美國的州，但是，跟那些州同盟可不是光榮的事啊，美國有些方面是極端落後的。

胡：告訴你，刑法二三九條是什麼？就是國家當祕密警察，手裡拿著一副手銬、一串鑰匙，站在你的結婚典禮上，在你交換戒指和誓言的時候告訴你：簽約了喔？今天起你這一輩子只能跟這一個人性交，做不到就腳鐐手銬去坐牢，鑰匙帶來了。

結婚就是性交易吧？結婚就是簽了壟斷條款的性交易吧？

連娼妓我們都在說身體要有自主權，只要排除剝削，讓男人女人決定要怎麼用自己的身體。但是婚姻，我們卻把穿著制服的警察和法官帶進臥房來，讓他監視我們跟誰做愛、做幾次、有沒有插入？

「通姦」當然是不好的，因為夫妻之間的親密信任一破就很難復原，代價太大了。但是人和人的信任，怎可能由法律來管呢？而且用刑法來規定我們的身體，你不覺得這反而是對婚姻的褻瀆嗎？對愛的忠誠和信任，要依靠國家、警察、刑法來維持，你不覺得是對愛情的侮辱嗎？

龍：不要激動。

胡：怎麼能不激動！女人沒有女人意識是最落後的人類品種。二三九條款落到實際上就成為女人傷害女人的法律。

可是大陸也很恐怖。它看起來比台灣文明，至少沒有把通姦入罪，但是網路上大家最愛瘋傳的就是原配怎麼在大街上剝光了第三者羞辱毒打的暴虐鏡頭，而圍觀的路人和網民則享受著道德的裁判優越感和沒臉說出來的心底的各種變態意淫。

台灣把國家刑法帶進個人的道德領域，是最違反現代民主原則的，可是一談到原配、小三這種詞，最封建的道德怪獸就「吼」——抓狂了。

我非常不能忍受看見女人踐踏女人，真的。不管是捉姦、訴訟還是當街凌虐，都是部落式的野蠻。

龍：《美麗的權利》出版到今天的三十年間，你覺得台灣的女權有進步嗎？

胡：制度上的進步真不小，我覺得幾十年來婦運界的人很了不起。在這三十年中，國籍法修了，我的「雜種」小孩終於有權利做中華民國國民了。夫妻財產的分配、兒女遺產的繼承公平了；做子女的也可以選擇冠母姓或父姓了。

龍：還有，男女同工同酬的方面，也有進步。二〇〇五年，台灣全職男人掙一百元，女性的工資比男性少十九塊八毛，二〇一五年只少十四塊五毛，比美國、日本、韓國都好，跟英國差不多。

胡：中國大陸呢？

龍：大陸很奇怪，資本主義進來之後，男女平權反而是大倒退的。他們的統計分城市和農村居民。城市，在一九九〇年，女人的工資是男人的百分之七十七·五，到了二〇一〇，卻只有百分之六十七·三，同樣的工作，男人賺一百塊，女人少得三十二塊半。

鄉村就更嚴重了。在一九九九年，女人比男人少二十一塊，到了二〇一〇，少了足足四十四塊。

胡：也有些地方是女人「贏」的——中國大陸女人的自殺率可是男人的好幾倍！台灣在制度上是進步了，但是只要是跟「性」有關的，觀念的進步就不大。

你很卡哇伊嗎？

龍：胡美麗，幾個問題，我快問你「快答」，不遲疑，不閃避。

胡：來啊，怕你啊。

龍：你贊不贊成同性婚姻合法化？

胡：贊成。既然生殖後代已經不是婚姻的主要或者唯一目的了，對很多人它不過就是一種過日子的組織模式，同性婚姻為何不能合法？

龍：你贊不贊成不婚生子？

胡：如果自己經濟獨立，贊成。我有一個三十六歲的女性同仁，她又想有孩子又焦慮找不到男友，我跟她說，趕快去做兩件事：一，把卵子存起來；二，找一個身體不錯的男人，跟他說你要跟他做愛懷孕。做完就散，請他認真辦事。

龍：你贊不贊成女人看色情片？

胡：舉雙腳贊成。只不過問題是，現在的色情片多半是以男人視野出發，以控制對方肉體為主流意識，以粗暴作為誘發元素，非常不健康。我覺得女性導演或者有女性意識的男導演應該認真去開發健康的、有情感的、美好的色情片。好的色情片是一個沒有被開發的產業，沒有被好好培養的文化。

龍：就是美國的 Gloria Steinem 所說的 pornography 跟 erotica 的差別。

胡：正是。我也希望看到台灣會出現二十四小時色情電影院，專門播放好的色情片……

龍：情人、夫妻、好友攜手踏進色情電影院如同一起去做足底按摩或唱卡拉OK一樣？

胡：對。

龍：寫《美麗的權利》的時候你才三十歲。三十年以後，你最希望跟現在二、三十歲的人說什麼？

胡：我想談影后珍妮佛勞倫斯跟布萊德利古柏。你知道他們是誰嗎？

龍：知道，只是我娛樂新聞看得比較少……

胡：好。二〇一四年底索尼影業被駭客攻擊，內部郵件曝光。珍妮佛才知道在以她為第一主角的片子《瞞天大佈局》裡，她的片酬比布萊德利古柏低很多。這件事也暴露出來原來好萊塢的男星與女星真的是制度性的、普遍性的同工不同酬。有意思的是，珍妮佛在檢討這件事的時候，她並沒有指責索尼影業，反而說，最該檢討的是她自己。

她說：

……知道索尼給我的錢比那些有「懶葩」的幸運者少的時候，我沒對索尼生氣，我對我自己生氣。

跟索尼談酬勞時，我並沒有力爭，原因，老實說，因為我害怕別人覺得我「難搞」或者「嬌寵」。一直到看見別人的酬金數目了，我才想到，跟我一道拍片的那些男人，沒有一個人會傷腦筋去想別人會不會覺得他「難搞」或「嬌寵」……我不會是唯一的女人有這種顧慮吧？我們是被社會「教」成這樣的吧？……我們大概還是習慣性地認為，表達自己看法的時候不要讓男人覺得不舒服或是把他們嚇到了？

我終於不再試圖用「可愛」的方式說我的看法了，我不再希冀讓男人「喜歡」我了。幹！男人要跟我說話的時候，他根本不會想要用什麼可愛的方式我才會喜歡……

然後那個有點尷尬的布萊德利古柏說話了，他說他以後會公開他的片酬，不然女演員無從得知自己得多了還是少了。他說，男性也要支持同工同酬，否則制度的歧視是沒法改善的，男人也有責任。

我想對今天二十、三十歲的女人說，「美麗的權利」是有意識地爭取來的。如果永遠故作可愛狀，你可能就永遠被當作一個小「可愛」。可愛藏著什麼涵義呢？它藏著人格的弱化、性的被動、身體的玩物化、主權的繳械、自我的壓縮……

卡哇伊是要付出代價的。

我想對二十、三十歲的男人說，所謂女人，就是你的母親、你的妻子、你的孩子的母親，還有你將來的女兒。這麼一說你就知道，善待她讓她健康，給她力量讓她強大，鼓勵她奔放成長做大樹不要做盆栽，對你自己的生命會是多麼大的獲得啊。

二〇一六年三月八日

目錄

胡美麗
這樣說

小姐什麼？

我今年只有三十歲，年輕、貌美、甜蜜、可愛，但是，我不是你的「小姐」。

兩年前，我回國來參加一個國際電腦會議，並且宣讀一篇花了整整一年工夫的研究成果——「電腦程式在李盎提夫模式上的運用」。大會的場面非常壯觀，各國來的學者專家濟濟一堂。剛演講完，一位主持人就過來請我到會客室去——

「給介紹幾個此地的專家！」他說。

我們走進會客室，一小撮男士立刻禮貌的站起來，其中一位微笑著說：「講得很精采！」

主持人清清喉嚨，正式把這些男士介紹給我：這位是王博士，這位是張院長，這是李教授，這位是錢主任，那位是孫博士……

然後他很客氣的介紹我：

「這位，是胡小姐，加州……」

我愣住了。

不錯，我今年只有三十歲，年輕、貌美、甜蜜、可愛，但是，我不是你的「小姐」。

我是個大學教授，還碰巧有個博士學位，而這個博士學位——不知你信不信——不是坐到教授膝上憑美色騙來的；這個學位，是我在冰天雪地裡跋涉到圖書館苦讀到三更半夜，是我忍著眼淚與寂寞在電腦房裡煎熬到人去樓空，是我在課堂上與多少位教授競爭腦力與辯才，才得來的。

而這個教授職位——不知你信不信——也不是因為我參加選美獲勝而賜給我

的；我必須寫出嚴謹的學術論文，必須整理教材，很辛苦的帶領學生作論文，換句話說，我必須付出很大的代價：我的智慧、能力，與毅力。

主持人轉身對倒茶的小妹說：

「小姐，送幾杯咖啡過來！」

我的十年寒窗算什麼？你沒注意到我的腳雖然纖細，卻並沒有三寸金蓮？當我在泥濘的市場裡買菜的時候，賣豆腐的小女孩叫我「阿姨」。上布攤買布的時候，光著胳膊的老闆稱我「太太」。冬天穿著臃腫的棉襖時，賣麵的女人叫我「歐巴桑」。我扶那個穿長袍大褂的老頭過街時，他摸摸我的頭，說：「謝謝你呀，小妹！」路過一條沒有街燈的小巷，計程車司機會吹著口哨，曖昧的叫我「小姐」。我要夜市裡那個賣「三卷一百元」的小伙子把音樂關小一點，他罵我「恰查某！」我的父母叫我「丫頭」，而我戀愛的男人，根本只喚我「喂！」

我很滿足，也很快樂，因為我只是一個天地間純粹的「人」，在不同的時候，扮演不同的角色。所謂身分、學位、職業，比起「人」來，只是扮家家酒的小玩意兒。

可是，在我學術與專業的領域裡，你，憑什麼叫我「小姐」？

一九八五年二月二日

美麗的權利

我希望你多看我兩眼，為我覺得臉紅心跳。但是你記著，我不說你有「毛病」，你就別說我「下賤」。

台北街頭的標語很多，什麼「要保命必須拚命」啦，「保密防諜、人人有責」啦，或是什麼「在此倒垃圾者是畜生××」等等，這些我都能夠理解。有一個到處可見，甚至上了電視的標語，卻使我非常困惑：

穿著暴露，招蜂引蝶，自取其辱。

冬天裡，我喜歡穿棉襖，裡面再加件厚毛衣，走在街上就像團米包得太脹的粽子。夏天裡，我偏愛穿露背又裸肩的洋裝，原因很簡單：第一，天氣太熱；第二，我自認雙肩圓潤豐滿，是我全身最好看的部分。再說，我的背上既沒痘子也沒瘡疤，光滑清爽，我不以它為恥。

炎炎夏日，撐著一支陽傘，披著一頭烏黑的長髮，露著光潔的臂膀，讓繡花的裙裾在風裡搖蕩；在人群中姍姍走過，我很快樂，因為覺得自己很美麗。

但是你瞪著我裸露的肩膀，「呸」一聲，說我「下賤」！有人來欺負我，你說我「自取其辱」！

為什麼？

我喜歡男人，也希望男人喜歡我。早晨出門前，我對著鏡子描上口紅，為的是使男人覺得我的嘴唇健康柔潤；我梳理頭髮，為的是使男人覺得我秀髮如雲。可惜我天生一對蘿蔔腿，要不然我會穿開衩的窄裙，露出優美的腿部線條。所幸我有著豐潤亭勻的肩膀，所以我穿露肩低背的上衣，希望男人女人都覺得我嫵媚動人。

你在早晨出門前，對著鏡子，即使只有三根衰毛，你還是愛憐的理上半天，或許還擦把油，使它們定位，不致被風颳亂。你把鬍子剃乾淨，還灑上幾滴香水。穿上襯衫之後，你拉長脖子，死命的把一根長長的布條纏到頸子上，打個莫名其妙的結，然後讓布條很奇怪的垂在胸前。你每天下這樣的苦功又是為了什麼？

我不懂的是，既然我不說你有「毛病」，你為什麼說我「下賤」？

且讓我們解釋一下這個標語：「穿著暴露，招蜂引蝶，自取其辱。」意思就是說，一個女人露出肩背或腿部，使男人產生性的衝動，進而以暴力侵犯這個女人的身體；創造這個標語的人認為在這種情況之下，錯的是女人——她不應該引起男人的性衝動。

這個邏輯洩露出三個心態：第一，女人的身體是骯髒的，所以創標語的人不能、不願也不敢正視女人裸露的肌膚。第二，他認為男人有「攻擊性」是天賦神權，所以侵犯女性是自然現象。第三，女人是命定的次等動物，她之受到強暴就如同一個人出門淋了雨一樣——誰教你不帶傘，下雨是天意！男人強暴女人天經地義，只是你要小心罷了，你不小心，是你活該，還能怪天嗎？

這是什麼狗屁邏輯？

我的伯父有片果園。他日日夜夜施肥加料，殺蟲遮雨。到秋風吹起時，纍纍的蘋果，每一粒都以最鮮豔、最飽滿的紅潤出現。路過果園的人沒有一個不駐足觀賞而垂涎三尺的。如果有人禁不起誘惑，闖進園來偷這些果子，你難道還指責這果園不該把果子栽培得這麼鮮豔欲滴？說他「自取其辱」？難道為了怕人偷竊，果農就該種出乾癟難看的果實來？難道為了怕男人侵犯，我就該剪個馬桶頭，穿上列寧裝，打扮得像個女匪幹？到底是偷果的人心地齷齪，還是種果的人活該倒楣？究竟是強暴者犯了天理，還是我「自取其辱」？

愛美，是我的事。我的腿漂亮，我願意穿迷你裙；我的肩好看，我高興著露背裝。我把自己妝扮得嫵媚動人，想取悅你，是我尊重你、瞧得起你。你若覺得我美麗，你可以傾家蕩產地來追求我。你若覺得我難看，你可以搖搖頭，撇撇嘴，說我「醜人多作怪」、「馬不知臉長」，但是，你沒有資格說我「下賤」。而心地齷齪的男人若侵犯了我，那麼他就是可恥可棄的罪犯、兇手，和我暴露不暴露沒有絲毫的關係。你若還認為我「自取其辱」，你就該讓天下所有的女人都來打你一記耳光，讓你醒醒。

園裡的蘋果長得再甜再好，但不是你的，你就不能採擷。我是女人，我有誘惑你的權利，而你，有不受誘惑的自由，也有「自制」的義務。今年夏天，你若看見我穿著涼快的露背洋裝自你面前花枝招展的走過，我希望你多看我兩眼，為我覺得臉紅心跳。但是你記著，我不說你有「毛病」，你就別說我「下賤」——我有美麗的權利。

一九八五年二月十六日

我不是衛生紙

我是一張茅廁紙、一朵花、一個可以性交的肉體。

你要我辭職！因為我跟曾英俊下個月要結婚。

你很體貼的說，胡美麗做了曾英俊的太太之後，她要為英俊煮飯、洗衣、補內褲——啊，還有，要陪英俊上床；所以從今以後，美麗會上班遲到，該辦公的時間會打毛線，該照顧客人的時候會和李秀秀嘰嘰咕咕說廚房與臥室裡的瑣事。她非走路不可，因為家庭與事業不可能兼顧。

我不懂！曾英俊的老闆可沒叫他辭職呀！我又不是跟我自己結婚。你可知道，咱們結婚之後，英俊達令要做的事可多著呢！馬桶破了，他得補起來；椅子斷了腿，他得修理；汽車抛錨了，他得爬到車盤底搞個半天。還有，你別忘了，英俊還得陪「我」上床呢！

所以他上班也可能遲到（你相信吧!?），該辦公的時間他會和隔座的賈湖圖嘰嘰咕咕談廁所裡那個馬桶，更會擱起腿來看時報副刊、喝老人茶。

你為什麼不對曾英俊說：家庭與事業不可得兼，娶了胡美麗，你「揮手自茲去」吧？

我結婚跟做事是兩碼子事，你把它扯在一起，是什麼居心？

你理直氣壯的說，就多年經驗而知，結了婚的婦女不能專心上班，你求好心切，不願容許這樣的職員或助教。你省省吧！讓我告訴你，你不敢面對的、潛意識中的念頭！「結了婚就得辭職」的真正涵義是說，對你而言，我是一張茅廁紙、一朵花、一個可以性交的肉體。所以在婚前，我是一張潔白乾淨的紙、一朵鮮豔欲滴的花、一個有可能征服的身體——你雇用我。一旦結了婚，在你眼中，我就成為一張擦髒了的茅廁紙、一朵殘敗的花、一個已經被人家「用」過的肉體——所以你要我離開。

簡單的說，潛意識中，你並沒有把我當「人」看。

另外一個「居心」，就更有意思了。你讓曾英俊和賈湖圖和李可務都繼續工作，卻強迫胡美麗和李秀秀和王甜甜辭職去做「家庭主婦」；將來曾英俊作了老闆，他也會強迫張可愛和趙憐憐辭職去做「賢妻良母」。你的用意，就是希望在你們的聯合陣線、共同努力之下，美麗及秀秀這類女流之輩可以快快樂樂在廚房及臥室之間過一輩子。

這樣，你覺得安全——這個世界，畢竟還是你和英俊及可務的世界。

你不覺得自己可恥嗎？

在非洲，仍舊有某些部落，在女嬰出生之後，立即動一個手術——把女性最能享受感性的那一個小小的部分割除。人類與心理學家解釋，這個儀式所洩露出來的潛意識（又是「潛意識」！親愛的男人，你什麼時候才能正視自己？），是男性對女性的恐懼，他不希望女性跟他一樣，有強烈的感官能力而破壞了男性是征服者的形象。

那麼你在害怕什麼？

我如果在上班時間打毛線、嚼舌根、作小兒女態，不管是婚前婚後，你就應該沉下臉來要我滾蛋。我如果在上班時間兢兢業業，認真負責，不管是婚前婚後，你就沒有權利剝奪我的工作。你留我或辭我，要看我工作是否賣力，不能看我是否處女。我是不是處女，結不結婚，與你這辦公室裡的上司無關。

我不是一張衛生紙。什麼時候，你才能學會把我當「人」看？

——聞某專科學校強迫已婚女助教及職員辭職而作

一九八五年二月二十五日

查某人的情書

比作「女人」更重要的，是作一個純粹而完整的「人」。

親愛的，接到信，你就知道我還平安，不要焦急。

這是一家靠海的旅館；我的窗前對著黑暗的海口，稀稀疏疏的漁火看起來特別寂寞——還是我自己的心情呢？

結婚三年以來，這是第一次給你寫信，而居然是在我「離家出走」的情況下。你當兵那年，我們一天一封信的纏綿與甜蜜，倒像是不可思議的夢境。今天晚上，孤獨地在一個陌生的小鎮上，窗外飄來欲雨的空氣，我真有點不知自己是誰的恍惚。

早上的事情實在並沒什麼大不了，你一定覺得我怎麼突然小題大作起來；或者，以為我用出走來要脅你或責備婆婆。不，親愛的，我一點沒有要脅的意思。我只是走到了一條路的盡頭，發現了一條岔路，現在，我得決定是往回走呢？或者，換個方向，往那幾乎沒有足跡的岔路上走去。

昨天一回家，婆婆就說：

「阿坤的襯衫領子有一圈骯髒，洗衣機洗不清淨，你暗時用手搓吧！」

我說「好」，其實丟下書只想回房蒙頭大睡；白天有教學觀摩，連續站了好幾個小時，覺得小腿都站腫了，晚飯也不想吃。但是一家幾口等著我燒飯，你貪愛的黃魚中午就拿了出來解凍，晚上非煎不可。

小叔回來了，三下兩下脫掉髒透濕透的球衣，隨手扔在餐桌上：

「阿嫂，要洗！」

電視聲開得很大，婆婆唯一的嗜好是那幾場歌仔戲。

抽油煙機壞了，爆蔥的時候，火熱的煙氣冒得我一頭一臉。炒菠菜一定得有七、八顆大蒜，不然婆婆不吃；可是上菜的時候，大蒜一定要剔掉，因為你見不得大蒜。醬油又快用光了，再多炒一個菜就不夠了。我找不到辣椒，大概中午婆婆用過，她常把東西放到她喜歡的地方去。

你的話很少，尤其吃飯的時候，說話本來不容易，婆婆重聽，一面吃飯，一面聽電視，聲音開得更大。我說：

「待會兒陪我到河邊走走好不好？」

你好像沒聽見；或許你也累了。幾個人淹在歌仔戲的哭調裡，草草吃完，你甚至沒有發覺我做的是黃魚。小叔丟下碗筷，關進房裡去給女朋友打電話，婆婆回到電視前，你喝著我泡的熱茶，半躺著看晚報，我站在水槽旁洗碗碟。

回房間的時候，婆婆大聲問了一句：

「這麼快就洗好了？別忘了那些襯衫領子——用手洗。」

躺在床上，有虛脫的感覺。是教課累著了嗎？還是做菜站得太久？還是那些油膩的碗筷？還是，因為你沒陪我到河邊走走？

今天剛好教李後主的〈浪淘沙〉，課堂上念著念著就想起我們讀中文系的那段時光，每逢春雨，就自以為很灑脫詩意的到雨裡去晃，手牽著手，一人一句的唱「簾外雨潺潺，春意闌珊，羅衾不耐五更寒，夢裡不知身是客——」，然後全身濕透的回家，覺得透心的冰涼、痛快。

我把腳擱在枕頭上，減輕脹的感覺，然後開始看李若男給我的書——你知道，若男從美國回來，變了很多，尤其看不慣我作「保守婦女」的模樣，一直鼓動我看有關女權的書。不願意辜負從小一塊長大的情分，更何況，我們在一起時，永遠只有我聽的份，我倒真用心讀了幾本她介紹的書。

可是我還不太了解那些觀念。這些書都強調女人和男人一樣有智慧與能力，所以應該受平等的待遇，做一樣重要的事情。所舉的例子，不是女企業家，就是女博士、女主管、女部長；總而言之，「女強人」！而所有的「女強人」都長一個模樣：短髮、大眼鏡、米色的西裝，手裡拿枝筆，一副很嚴肅、很精幹、很重要的神情。這些書強調女人的潛力，好像每個女人都應該從「家」那個窩囊的洞裡出來和男人瓜分天下。或許我太保守，我總覺得：我不是「女強人」，我喜歡「家」裡的廚房與臥房，我不喜歡短頭髮、大眼鏡、米色的西裝，我喜歡依靠在丈夫的懷裡，讓他擁著我叫我「小女人」，我不喜歡爭強鬥勝，不管是和男人或女人……

可是，這本新書裡有一張很吸引人的畫片：一個女人站在一片綠的原野上，眺望著無邊無際的大海，在雲海的會合處有幾隻淡淡的海鷗。很簡單的畫面，但是呈現出很寬很廣、無窮無盡的視野。照片下有簡單的一行字：

比作「女人」更重要的，是作一個純粹而完整的「人」。

我心動了一下，但是理不出什麼頭緒來。

婆婆把頭探進來兩次，我沒作聲；我太累了，而且，我還在想那一行似通不通的句子。有時候真希望能夠把房門反鎖了，沒經過允許，誰也不能進來打擾，可以假裝不在。小時候，每和爸媽鬥氣，照例躲進大衣櫥裡睡一下午，覺得安全又自由。但是我們的房門上沒有鎖，一結婚，婆婆不喜歡，就把鎖打掉了，表示我們是親密的一家人。

你進房的時候，大概很晚了。我睡得朦朦朧朧的，你也倒頭就睡，背對著我。

沒想到早上婆婆生那麼大的氣。稀飯確實煮得太硬，不過，平常不也就吃了嗎？我要加水再熱，她把鍋搶過去，一把翻過來，就把飯倒在餿水桶裡，大聲說：

「這款飯給豬吃還差不多。不愛做事就免做！阿坤兒，你今天自己去買幾件乾淨的襯衫來穿，不要讓別人講笑！」

你抓了份早報，走進浴室，很不耐煩的回頭說：

「查某人，吵死！透早就吵！」

砰一聲，把門關上。

婆婆重新淘米，鍋盤撞擊得特別刺耳。你大概坐在馬桶上，一邊看武俠連載。小叔揉著睡眼出來，問我昨天的球衣洗了沒有，他今天要穿。

我壓住翻騰的情緒，走到後院，隔壁阿慶的妻挺著很大的肚子，正在晾衣服。不，我並沒有生氣，真的不生氣。只是站在那裡看著阿慶的妻很艱難的彎腰取衣，那一刻，我突然意外清楚的，從遠方看著自己這個「查某人」——

三年來，清早第一件事是為你泡一杯熱茶，放在床頭，讓你醒過來。你穿衣服的時候，我去做早點，順便把小叔叫醒。伺候你們吃完早餐，你騎機車到鎮公所上班，我走路到學校。放學回來，做晚飯，聽歌仔戲，洗碗筷，改作業，洗衣服，拖地板，然後上床，熄燈，睡覺，等第二個清晨為你泡杯熱茶、叫醒小叔、做早飯……

然後你坐在馬桶上，很不勝其煩的說：

「查某人，吵死！透早就吵！」

「簾外雨潺潺，春意闌珊」就是這麼回事嗎？

我不是若男，也沒有興趣作女強人；可是，親愛的，我到底是什麼？為什麼我覺得這麼空虛？好像聲嘶力竭的扮演一個角色，而台下一片噓聲；好像做任何事情，都是我份內的責任，這個「份」，就是妻子、媳婦、大嫂，總而言之，作為一個「女人」的份。我，就是一個女人；女人，就該做這些事，過這樣的日子。這是命！

我很迷惑。你上了一天班回來，筋疲力盡，覺得作丈夫的有權利享受一下妻子的伺候；但是，別忘了做妻子的我也上了一天課，也覺得筋疲力盡，為什麼就必須挑起另一個全天候的、「份內」的工作？為什麼我就永遠沒有「下班」的時候？並不是我不情願服侍你，我非常情願。可是，親愛的，你知不知道，我並不是因為要履行女人命定的義務才為你泡一杯香茶，實在是因為我愛你——愛你熟睡時如嬰兒的眉眼，愛當年吟詩淋雨的浪漫，愛你是我將白頭共老的人——所以服侍你。如果你把我當作一個和你平等的、純粹而完整的「人」看待，你或許會滿懷珍愛的接過那杯浮著綠萍的茶，感謝我的殷勤。可是，你把我當「查某人」看，所以無論做什麼，都是「份」內的事。結了婚，戴上「女人」這個模子之後，連看書、淋雨、念詩、到河邊散步、幻想，都變成「份」外的事了。我變成一隻蝸牛，身上鎖著一個巨大的殼，怎麼鑽都鑽不出去。

這究竟是怎麼回事呢？難道作為女人的同時，我不能也是一個自尊自主的「人」？難道一定要與男人爭強鬥勝，比男人更「男人」，才能得到尊重與自由？我可不可能一方面以女性的溫柔愛你，一方面，你又了解我對你的愛並不是「查某人」份內的事，因此而珍惜我的種種情意？說得更明白一點，親愛的，你能不能了解，我為了你所做的一切——燒飯、洗衣、拿拖鞋——都不是我身為女人的「義務」，而是身為愛人的「權利」？一切都只為了愛!?比作「女人」更重要的，是作一個純粹而完整的「人」——你懂嗎？願意懂嗎？

連海口的漁火都滅了。我已經走到一條路的盡頭，只盼望你願意陪我轉到那條足跡較稀的岔路上去。回頭，是不可能的。

一九八五年三月八日

女人該看什麼書

至於超過三十三歲的女人，就不必考慮為她們準備什麼書了：她們不會去看書。

聽說台北新開了一家大書店，專門賣「給女人看的書」。這是大事一件。記者打電話來問胡博士：女人該看些什麼書？

首先，我要感謝這個書店的成立。從今以後，我們不但有專治女人頭髮的美容院，專賣女人服飾的委託行，專治女人身體的婦產科，還有書店專賣女人愛看、可看、該看的書；不久的將來，體諒婦女的人也許還會開一家電影院專門演女人可以看的電影，舉辦專門給女人欣賞的畫展、音樂會等等。在大學裡教的理則學、心理學、研究方法論之類的課程，將來也可以特別開女生班。這個書店的成立，是我們栽培現代婦女一個很重要的里程碑。

為什麼呢？在這個書店存在之前，社會只承認女人的外型及身體結構與男人不同；美容院、委託行、婦產科，都是針對女人的外在而設立的。這個書店始創，表示連女人看的書和男人都不一樣，也就是說，我們的社會終於體認到：女人不只在身體上不同於異性，她的頭腦與心靈也與男人不同。她吸取知識的能力、邏輯思考的方式，以及個人生活上的興趣，在在都與男性相異。一般的書店不能滿足女性心智上的要求。

譬如說，女性在吸取知識上著重於快捷，而不重深入，所以不要買卡爾・楊或佛洛伊德寫的大部頭的心理書。婦女能夠接受的是簡單明快的什麼《如何了解自己》、《你我都沒問題》或《心理學ＡＢＣ》以及《理則學１２３》之類的幽默小品。女人如果能夠深入地去研究一個大題目的話，她也就不會是個女人了。

再說，女性邏輯思考的能力也不健全。她們從小就被教導：女孩子更重感性，男孩子重理性；所以她們看事情比較憑直覺。一些必須憑抽絲剝繭的思考才能看懂的書，根本就不需要擺出來賣。像什麼《羅馬帝國興亡史》啦，《第三世界經濟前途》啦，對女性而言，毫無意義。但是一些簡單而有趣的偵探小說，譬如《淡水快車謀殺案》或《誰燒焦了這鍋飯》之類的，婦女憑她異常敏銳的直覺，常常有很深入的體會。

最重要的是，當然在題目的選擇上——女人愛看、該看哪一類的書？我們不能否認，人是環境的產物。一個女人，三歲的時候，大人塞給她一個會眨眼、會尿尿的洋娃娃玩，激發她的母愛天性，所以育嬰的書是必要的。在她十三歲的時候，大人教她「坐有坐相，吃有吃相」，走路要端莊、舉止要文雅，所以有關儀態舉止方面的書，絕對有用。二十三歲的時候，她自己也是大人了，但社會告訴她：找對象的時機到了，要了解男人心理，要溫存體貼，不要讓他有壓迫感，所以《如何修飾你的腳趾》、《愛他就是說抱歉》、《美滿的婚姻》、《順夫術》、《蓬門今始為君開》、《要我吧！》這一類的書對迷惘的女性就有啟發的作用。

三十三歲的女性已經定型——給她看《插花一〇〇》或《微波爐的神妙》

等實用的書就可以滿足。過了三十歲的女人也開始衰老怕老，針對這一心理，就應該準備《如何打敗皺紋》、《比情婦更嫵媚》、《按摩須知》、《看住他》、《更年期的愛情》之類的書。而所有的這些書，都應該選擇最光滑的紙張印刷，甚至噴上一點朦朧的香水味；我們不能忘記：女人是唯美的、直覺的。至於超過三十三歲的女人，就不必考慮為她們準備什麼書了：她們不會去看書。

女人是個很可愛的動物：身體軟軟的、講話嗲嗲的、眼睛甜甜的、頭髮香香的；更令人憐惜的是她沒有邏輯的大腦，一加一等於二・五，可是噘著嘴、頓著足那樣說出來，哎呀，真是可愛極了、嗲極了。至於少數女性居然弄起電腦、工程、醫學，做起博士、教授、主管來，還擺出一副自立自主、對社會國家大有貢獻的架式，我只能說，她對不起中國的五千年文化傳統，對不起愛護她的中國男人。

「女人書局」有一個重要的任務：時時提醒女人不要「撈過界」來。

一九八五年三月二十日

女教授的耳環

作者是女的；哪一天她發生了什麼桃色事件，我們對純潔的學子怎麼交代？
胡美麗只有一句話：狗屎！

美駐奧地利大使是個嫵媚而年輕的女性，在任何外交宴會場合，都是引人注目欣賞的焦點，連南西・雷根在場都遮不住她的鋒頭。

好吧！最近在維也納發生了兩件事，使得這位美麗大使不得不辭職。首先，她離婚了。奧國人一笑置之，美國人卻覺得臉上掛不住：堂堂上國大使，怎麼可以離婚？尤其轉身又嫁了別人。第二個原因，則是她讓南西逮到了機會。你看過南西一向的打扮吧？衣領高高的，務必把脖子都遮起來。這位年輕的駐奧大使偏偏喜歡穿低胸的晚禮服，南西說她有失身分，跟丈夫耳語那麼一句，美麗大使就丟官了。

我知道你在想什麼：對呀！堂堂大使怎麼可以離婚再嫁？對呀！堂堂大使怎麼可以穿低胸的衣服？你如果是個不開竅的老男人，說不定你正在想：看吧！不聽老人言，這麼重要的外交任務怎麼可以交給女人去做——尤其是年輕美麗的女人呢？

我知道你會這麼想，因為台灣這麼想的人真是太多了。最近胡美麗一位同事——一個臉上沒疤沒瘡的年輕女教授——上了電視，對記者談電腦中文化的問題。好啦！觀眾的反應傳了過來：當教授的怎麼可以戴那麼花俏的耳環？當教授的怎麼可以畫眼圈還塗了胭脂？當教授的怎麼可以流露出「女人」的樣子來？

再給你一個例子。幾年前有幾位先生女士在討論中小學課本應該收入什麼樣的文章。「之乎也者」的都收完了之後，有人建議也採用一位現代女作家的小品。當場就有男士發出反對的聲音：作者是個女的；哪一天她發生了什麼桃色事件，我們對純潔的學子怎麼交代？

怎麼，這些論調你都覺得合情合理吧？胡美麗只有一句話：狗屎！

從頭說起。當大使的人為什麼沒有離婚的權利？大使也是有感情有傷痛的「人」，是人就有追求幸福的權利。她如果不幸有一個痛苦的婚姻，難道就因為她湊巧有一個道貌岸然的工作，她就必須強顏歡笑痛苦下去？只要她工作勝任，不受私人生活影響，她離婚不離婚與她的大使身分是兩碼子事。美國人大驚小怪正表現出清教徒虛偽的道德觀。

至於南西看不慣女大使穿低胸禮服，我看恐怕是瘦巴巴的南西嫉妒所致（你看吧！我喜歡民主社會，因為對總統夫人說這樣的話也不會被當作政治犯。）女大使同時是個女人，她若覺得低胸的禮服最能表現出她的個性與魅力，憑什麼不准穿？年輕的女教授覺得一對耳環、一點脂粉，能襯托出她的容貌與氣質，誰可以剝奪她「美麗的權利」？

而居然有人說，女人不能擔正經事，因為她有鬧桃色新聞的潛能！胡美麗到目前為止還沒有鬧過桃色新聞，但就我粗淺的了解，鬧桃色新聞好像非有兩個人才鬧得起來，不是嗎？而且在「正常」情況下，有個女的，對方就必須是個

「男」的，不是嗎？那麼，在考慮一個男的人選來任「大事」的時候，豈不也該先問：他是不是有鬧桃色新聞的可能？

其實，在我們的社會裡，凶殺案也大多是男性幹的，那麼我們在聘選大學校長的時候，譬如說，面對一個男候選人，就應該先考慮：第一，他會不會跟女人「亂來」；第二，他有沒有鬧凶殺案的可能？第三……？這樣推理，還不如將「大事」交給女人擔負要簡單多了。

讓我們把女教授、女主委、女市長、女主任、女經理等等等都暫時歸為一類，稱「女強人」好了（我不能用「女部長」或「女大學校長」來舉例，因為台灣沒有，恐怕要等到下一個世紀才會有）。你去讀讀坊間女性的雜誌或書籍，每一本都明明白白的告訴你：在這個時代、這個社會，做個「女強人」和男人競爭不容易。所以你在辦公的場合一定要服裝樸素簡單，髮型保守規矩，舉止莊重大方，言談嚴肅正經。換句話說，任何一點能洩露你是個「女人」的蛛絲馬跡都要隱藏起來。你也許喜歡柔軟繡花的布料，你也許是個眼神嫵媚的女人，你也許愛用迪奧的茉莉香水，你也許有一頭波浪似的烏髮——全部藏起來，在公事場合，你要讓男人忘記你是個女人，你要讓他覺得你根本就和他一樣，是個男人；這樣，你才可能做個與男人平等的「女強人」！就是有這種風行的論調，才會使一般人對個教授戴耳環、搽脂粉，都皺起眉頭，覺得有失身分。

可是，這種男女平等是真平等嗎？為了與男性競爭，而要女性「中性化」或男性化，磨掉屬於女性的特質，就好像為了與西方人競爭，而要中國人「洋化」，磨掉屬於中國人的特質一樣。中國人要與西方人爭平等，就不可以以西方的標準為標準；金髮隆鼻的西方人必須學會欣賞黃皮膚塌鼻子的中國人。同樣的，真正的男女平等，不在於女人模仿男人，而在於讓男人學會尊重女性的特質。

舉個例子。面對一個刻板而精明的「女強人」，男人覺得「她跟我一樣」而尊重她，這是假平等，因為他的價值觀還是以男性的價值觀為基礎。反過來，面對一個精明能幹卻又充滿女性魅力的對手，男人覺得「她實在跟我不一樣」而仍舊尊重她的能力，這才是真平等，因為他了解女人有權利與男人「不一樣」而依舊可以公平競爭。而女人自己如果以為「平等」就是跟男人一樣，跟男人一樣才是「女強人」，那可真是糟蹋自己了，太不爭氣。

我瞧不起外貌嬌媚誘人而腦子裡一團漿糊的小女生，但是我也不喜歡聰明幹練而外表舉止故作男人狀的「女強人」。胡美麗雖然容貌醜陋而且腦子裡也有不少漿糊，卻深深覺得，真正的現代女性應該是一個有思想、有能力，卻又不怕有女性魅力的人。給那些女大使、女教授、女強人戴耳環、施脂粉、穿低胸禮服的權利吧！

一九八五年七月三日

不像個女人

胡美麗這種「不像女人」的女人很反常是吧!?告訴你，生物界裡不男不女的還不只她呢！

有個氣宇軒昂的男人每次見到我都會說：「胡美麗，我不喜歡你。」

「為什麼？」

「你不像個女人！」

什麼叫做「像個女人」呢？女人「應該」是什麼樣子的？看過電視連續劇或是愛情小說的人都會知道女人必備的幾個特質：首先，她必須是被動的。她若看上了張家的大牛，她可以哪天不經心的在他面前掉下一條香噴噴的手帕，引誘大牛來追求，但是絕對不可以主動。

「像個女人」的第二個要件是害羞。她想張嘴大笑的時候，不可以忘記用手把口遮住，要吃吃的笑。男人說了俏皮話時，她要低下頭來，臉上一朵紅雲，似笑非笑。

第三個要件，「女人」必須多愁善感、優柔寡斷。譬如看《花蕊戀春風》這一類的電影時，在黑暗中，可愛的女人就該掏條手絹抽抽搭搭泣不成聲。但是在決定要看哪一部片子之前，她就得翻來覆去的，不曉得那個下午該怎麼打發，決定改了又改。

但是，「像個女人」最重要的條件還在於她比男性要來得「柔弱」。身體上，一定要小一號。太太不能比丈夫高，連平頭都會使她失去女人味。在個性上，要比丈夫溫柔一點——「男人嘛！總是得讓他一點！」在學歷上，女人應該比男人稍低點，高中畢業的可以嫁大學生，大學畢業的可找個碩士，有碩士學位的可以嫁個博士；至於女博士嘛，天啊，就沒人要了。她或許有一點小聰明，但她適合管理瑣碎的事：為孩子換換尿布或是為總經理換杯咖啡等等，不需要太強的解析力與邏輯頭腦。

這個雄赳赳、氣昂昂的朋友不喜歡胡美麗是不難理解的。胡小姐不被動。她看上張家大牛的時候，沒有拋下手帕，倒是掛了通電話到張家去問張大牛願不願意陪她去看場電影；第一個張大牛被嚇跑了，第二個張大牛娶了她。美麗也不怎麼會害羞的藝術。她有一口爛牙齒，很不美觀，但她笑起來還是張牙舞爪的，前仰後合。偶爾有人用深沉迷人的聲音對她說：「你真美麗」的時候，她也不低下頭來讓長髮遮住半邊臉，只是直直的望著人家說：「是化妝品。」

很糟糕的，美麗也不怎麼善感，而且明快俐落得令人害怕。銀幕上，被男主角打了一個耳光的女主角正哀慟欲絕的哭泣，她坐在黑暗中對大牛說：「用右手打的耳光，怎麼她在撫右頰？錯邊了。」在廚房砧板上切鴨子的時候，她手裡一把菜刀，一起一落之間，鴨子的頭、頸、翅膀就段落分明，一點不含糊；人生的決定就像剁鴨子一樣。

最教人難以接受的，恐怕還是胡美麗所缺少的女性的柔弱。首先，她健康極了，大熱天去游泳爬山，又從不用遮陽傘，皮膚曬得又黑又結實。她跟大牛平高，卻又不忌諱穿高跟鞋。在溫柔的程度上，她也並不比大牛好：她為大牛洗衣服的時候，大牛就得在廚房裡洗碗。至於學歷嘛，更糟了，大牛是個博士，美麗也是個博士。左看右看，美麗怎麼看也並不比大牛「柔弱」。

胡美麗這種「不像女人」的女人很反常是吧!?告訴你，生物界裡不男不女的還不只她呢！

你若看見一隻比較瘦小、安靜，比較「乖」的鳥耐心的守著巢裡的蛋，一隻比較壯碩、凶悍的鳥在巢外覓食，或與別的鳥打架、性交，你一定會說：「那隻母的在顧家，公的在亂來！」

這一回就錯了！這種鳥叫水雉（Jacana）。那隻顧家的是公鳥，正在「亂來」的是母水雉。丈夫乖乖在巢裡管蛋的時候，她可是雄赳赳氣昂昂的來去其他公鳥之間到處做愛，偶爾還把別的「女人」的蛋踩破，逼使別的「男人」也來照顧自家的蛋。

至於被動與害羞，有一種母鱸魚（shinerperch）可根本不知道她的行為舉止像不像個「母」魚。她的性欲特別強，來者不拒。甚至於在不能排卵的時候，她也盡情的引誘公魚，把精子儲存在體內將來再用。另外有些魚類，根本雌雄難辨，她可以排過卵之後，一轉身變成公的，開始射精。更不「道德」的是一種學名為 crepidulaformicata 的螺。一打以上的螺，一個疊上一個的群居，趴在底下的一個就是母的，但是當一個公螺的背上壓了另外一隻，那麼這隻公螺立刻就變成「母」的，也就是說，性別完全由位置來決定。

你說，這種「低等」動物怎麼拿來與人比？人的性別清清楚楚，女人天生就柔弱、被動、害羞、瑣碎——「男女有別」，天經地義！

這個「天經地義」的想法其實很有問題。女人的「女人樣子」是「天生」的，還是後天塑造的？試著回想一下你是怎麼帶大毛毛與妞妞的。毛毛摔了一跤剛要張嘴大哭，你說：「男孩子，跌倒自己起來，不准哭！」妞妞摔了一跤，哭哭啼啼的，你卻嗯嗯哈哈又摟又抱又吻。過生日，送給毛毛一挺機關槍，讓他在房間鬧翻天，給妞妞一個穿了白紗裙的洋娃娃，坐在角落裡靜靜的玩。妞妞如果發了蠻，硬要用洋娃娃去換機關槍，你會說：「女孩子怎麼可以玩那個！」長大一點，毛毛如果剛巧是個一棍子打不出一句話來、見人就想躲的男生，你就很惱怒，說：「一點沒有男孩子樣，沒出息！」妞妞如果見人就臉紅，你就很高興：「咱們家丫頭別的優點沒有，就是很乖、很文靜。」相反的，妞妞若是個奔放而剛強的個性，你就會在後面不斷的耳提面命：「女孩子坐有坐相，站有站相。要善體人意、觀人眼色。要溫柔體貼、要忍讓、要順從……」再加上一句恐嚇：「不然你會嫁不出去，嫁出去了公婆也不會喜歡你。」

從孩子零歲到成長這二十年之間，你不斷的在作這「男女有別」的洗腦工夫，處心積慮的——用懲罰或獎勵、規勸或責罵、讚美或恐嚇各種各式的手段——把孩子納入男是男、女是女的框子裡去。而後，你很理直氣壯的對我大聲說：是啊！男女「天生」有別：男人主動、剛強、果決；女人被動、害羞、柔弱。這是天經地義的區別！

這種男女之別到底是你造的還是天地造的？你誠實的說說看，別騙人了。固定的要求女人有「女人樣」、男人有「男人樣」，其實是極端違反自然的。有的男人秉性傾向於被動與柔弱多感，但是為了符合社會所要求的「像個男人」，他或者把真實的自我藏起來，或者，就根本扭曲了本來的性情，反而造成心理上的糾結。許多女人，主動、開朗、勇敢而果斷，卻也為了投合社會所要求的「像個女人」，不得不壓制本性的發展，而作出一個讓人接受的假象來。結果當然是個惡性循環，使男人更相信「男女有別」的神話。

把女人的形象定出一個模子來（被動、柔弱……），然後要所有的女性都去迎合這「一個」模子，對整個人類社會而言是個極大的損失，因為在智性的追求上，若把女性除外，就只有一半的人口（男性）在努力；加上了女性的角逐，等於發展了一倍的人力。人類的智力有限，模子大概是免不了的。但是至少，不要讓我們自限於一個模子。溫柔馴服、愛臉紅的女人固然可愛，奔放熱情、明快果斷的女人不見得就不能愛；有超人的智力、能力與雄（雌）才大略的女人我們更可以學著去愛、去接受。

所以不要只鼓勵你的毛毛「要作王贛駿」，更不要只教你的妞妞去做個「乖女孩」；如果你的妞妞真有那個本質，大膽的要她去學柴契爾夫人吧！你為中國造就出一個領袖來也不一定，可就別硬把她往「像個女人」的框框裡塞，平白糟蹋了人才。

你要有勇氣說：呸！不像個女人又怎麼樣？

一九八五年八月二十日

棄她的專業不顧，派她當招待，就是忽視她的腦力與能力而利用她的「性」力。

美麗兔寶寶

上級來視察，台北縣警察局擺出開會的陣式來：面目嚴肅、警服威武的男警察整齊的坐著，穿梭主客之間的女警察，手裡提著個大茶壺，忙碌地為男人添茶水。

用女警來提茶壺，招待客人，據說是因為她們「美麗大方」。但照片上看起來，她們也穿著警察制服，並不真正美麗大方。縣警察局長若事前設想周到，就應該讓這些女警換上兔女郎裝；你看過《花花公子》的照片吧？就是緊身露胸的小衣，屁股再綴上一團大絨球，穿上鏤空的黑色絲襪與高跟鞋。別忘了，頭上還得綁個特大號的花蝴蝶結，和我們幼稚園遊藝會上表演「妹妹抱著洋娃娃」和兔子舞的小妹妹一樣。這，才是真正的「美麗大方」。嚴肅威武的上級警官與男警察可以正襟危坐，討論國家治安大事，兔寶寶似的可愛女警拎著茶壺來來去去，巧笑倩兮，美目盼兮，可以調劑會場氣氛。

許多會議場合都可以向警察局的作法學習。開醫學年會嗎？女醫師雖然不多，總還有幾位，挑幾個「美麗大方」的出來站在會場門口當招待，帶領與會者入坐貴賓席。選嗓音優美、面貌秀麗的（整形科醫師吧？）當司儀。倒茶的最好是體態輕盈的藥劑師，分量拿得準些。會開完，要安排餘興節目：美麗大方的復健科女醫師可以表演舞蹈，精神科女醫師可以表演短劇，小兒科女醫師可以表演牙牙學語，喉科女醫師，當然要唱歌啦！

那麼男醫師呢？啊，他們忙著宣讀論文、討論專題、研究醫學，累得很。就讓他們坐著欣賞女醫師的美麗大方罷！他們會鼓掌叫好的。

學校也需要美麗大方的女老師，校長出去開會時，可以招來當隨從祕書，幫校長拍掉黑西裝上的白頭皮屑，倒杯熱咖啡，提公事袋，在酒席上嫵媚的為他向客人敬酒……督學來訪時，美麗的女教師還可以作簡報，她清脆如黃鶯的聲音給人先入為主的好印象。然後她還可以作導遊，帶領上級官員看看學校附近的名勝古蹟，中午到飯店，酒席間雖不必持茶壺奉茶，卻可以「壓酒饜客嘗」。

男老師嘛，因為不美麗大方，做起這種事來不倫不類，更何況，他們管的是「十年樹木，百年樹人」的教育大計。

你說，何必這麼計較！女警察提個茶壺，女醫師唱個歌兒，女教師勸個酒，無傷大雅嘛！她們雖然都是有嚴肅專業的人才，可是既然身為女人，就無可避免地具有女性的魅力——身材曲線啦、嘴唇光澤啦、臀部搖擺的韻律啦……等等。她再有專業，男人還是忍不住希望她提茶壺、唱歌跳兔子舞、勸酒。哎呀，這是男女有別的天性嘛，別小題大作。咱們台灣根本就沒有男女不平等的問題！

想來你也是那種愛讀社會版新聞的人，這種故事你一定覺得很熟悉：阿土跟大頭呆是兩名紙廠工人，這半個月來，兩個人的眼睛離不開那個新來的女工阿銀身上。她其實跟所有人一樣，穿著粗糙寬大的藍布制服，頭髮包在帽子裡，還戴口罩，整個人根本就像一捆會走路的破布團，可是阿土和大頭呆覺得她走路的姿態實在美麗大方，「女人」極了。這天下工後，兩個人終於邀她到夜市去吃當歸麵線，阿銀不肯去。糾纏半天之後，阿土和大頭呆把阿銀架到夜晚的竹林裡去，強暴了事。

這種新聞每天都有，跟女警察提茶壺有什麼關連？太離譜了吧!?

一點都不離譜。兩種行為，但是行為背後潛在的心態卻其實一模一樣。警察局長在一個女警察身上所看到的，不是她的專業訓練、她的職業尊嚴、她的辦事能力，而是，她的「美麗大方」，換句話說，她的性別與性別所帶來的魅力。棄她的專業不顧，派她當招待，就是忽視她的腦力與能力而利用她的「性」力。阿土與大頭呆看到阿銀，並不把她看作一個與自己一樣的專業同事，馬上注意到她的美麗大方，她的性別與這個性別所帶來「秀色可餐」的誘惑。強暴她，就是把她當一塊肉來看，不是人，更不是個專業的人。

在專業場合中，命令女警執壺、女醫師獻歌、女教師奉酒，用她們的「美麗大方」為理由，其實就是對她們說：別以為你的專業訓練改變了什麼，你仍然只是塊可餐的秀色！去倒茶吧！

唯一不同的，只不過阿土與大頭呆真的「餐」將起來，造成暴行犯罪，而那些高級的局長、校長之類只是唱唱「妹妹抱著洋娃娃」。不過，這些曾為自己專業努力過的女警察、女醫師、女教師，如果她們自己也心甘情願地綁上蝴蝶結，穿上兔子裝，美麗大方地表演可愛兔寶寶，胡美麗也沒話說。

一九八五年十二月十九日

昭君怨

女人是男人的財產啦！財產就是東西，東西就是物。用現代的話說，就是女性的物化，懂不懂，嗯？

吳伯雄內政部長大人：

小女子名叫王昭君，今年三十九歲。在台灣土生土長，高職畢業，今有一大難題，不知向誰訴求。想想吳部長既然是管「內政」的，而小女子又是「內人」，找您幫忙大概沒錯。

事情是這樣的。昭君在十年前嫁給了一個番人，他的眼睛是綠的，頭髮是紅的，在德意志國生長，聽說是屬於日爾曼部落的。全部落的人吃飯時都用凶器——刀啦、叉啦！不像我們使兩根秀氣斯文的棒子。我下嫁的這個番子人還不錯，體貼溫柔，而且是他們部落裡的秀才。

十年前帶他來台灣，日子不太好過。跟他走到街上，嚼檳榔的少年郎會擠眉弄眼的挨過來說：「嘿！我也不會比他差，跟我去睏好不好？」

有一次，一個老鄉計程車司機給我們敲竹槓，要兩倍的車錢，昭君火大起來，硬是一毛也不多給。這個老鄉當街大聲喊叫：「你這個婊子，跟洋鬼子……」下面的話就不必說啦，您自己想像。

這些還是比較沒有知識的人，有知識的就禮貌含蓄多啦！一個初初見面的人當著番子的面，計算他聽不懂，問我說：「嘿，昭君，怎麼會去和番呢？肥水不落外人田，你不宰樣嗎？」

很奇怪哩！人家蘇武從北方部落裡娶了一番婆子回來，就沒有人這樣侮辱他，反而少年郎都拍著他的肩膀讚嘆：「蘇老大，有你的，給你賺到了！光彩光彩。」

我問蘇武知不知道為什麼同樣是與番人結合，他與我境遇如此不同。蘇武笑一笑，嘴裡露出很多黑洞洞——他在北海牧羊的時候，常常啃毛毯，把牙齒啃壞了。「昭君小妹，」他說，「這你就不明了。你很有感性，可是缺少洞悉事態，分析現象的邏輯、理性。」

他得意洋洋的說，一方面，漢民族有種族優越感，所以基本上反對異族通婚，把漢族純潔的血液搞混了。另一方面，漢人又有一個觀念：女人是男人的「財產」——說得好聽是「寶貝」，說得不好聽是「肥水」，因為是財產，所以漢女子和番，是破財、損失；漢男子娶人家進來，是賺了別人的財，偷了別人的肥水。

「總而言之，」蘇武很耐心的對我解釋，「女人是男人的財產啦！財產就是東西，東西就是物。用現代的話說，就是女性的物化，懂不懂，嗯？」

老實說，昭君實在有聽沒有懂，而且覺得無所謂。物化就物化嘛，女人是男人的財產有什麼不好？

可是，問題又來了。

去年昭君生了一個洋娃娃，還是男的哩！白白胖胖，眼睛又圓又亮，可愛得教人心都化了。昭君和番子爸爸商量之後，歡天喜地的去給娃娃申請一個國籍。那個判官說：

「不行。根據台灣有關法律，這娃兒不能做中國人。」

「為什麼？」

「因為他爸爸不是中國人。」

「可是他媽媽是呀！」昭君很緊張的說，而且趕快給他看我的黑頭髮、單眼皮。

「我知道媽媽是呀，」判官不耐煩了，「可是媽媽不算數。」

蘇武也抱著他的兒子在申報（他的兒子又乾又瘦，醜得很，真的！），沒幾分鐘就出來了，手裡拿著一本嶄新的護照。

「傻瓜，」他說，「你若是在『父』那一欄寫個『不詳』，你兒子就可以作中國人了。」

如此這般，昭君本來想把兒子奉獻給國家，既然不承認他是中國人，我只好把他奉獻給日爾曼族，讓他去統一德國了。

可是昭君心裡難免有點怨恨：為什麼中國男人的孩子都是中國人，中國女人的孩子卻不算數？這樣的國籍法又洩露了什麼心態？趕快去找蘇武。

「很簡單嘛！」蘇大哥雄赳赳、氣昂昂的說，「女人只是半個人嘛！你沒想過，為什麼女人向銀行開戶、貸款、為人擔保、買賣房屋什麼的，自己簽章都不能算數，必須要有丈夫的簽字才算？一樣的道理嘛！你怎麼到現在還不明白？」

離開蘇家的路上，昭君一直在想：好吧！中國人不承認、不接受我的孩子做中國人，因為我只是一個女人，只是媽媽，那沒什麼關係，做日爾曼人也不錯啦！可是，萬一我和番子爸爸離婚，孩子歸誰呢？

他們父子兩人都是外籍，如果有了爭執，台灣的法律能用到他們頭上嗎？如果不能，那我這個做媽媽的，豈不要失去一切的權利？

「你省省吧！」番子爸爸滿面譏笑的說，「如果我們開始爭孩子監護權，你還是遠離台灣法庭，到德國去爭吧！日爾曼人相信孩子是應該跟著母親的。你以為台灣的法律會把孩子判給你？你忘了你是個女人，半個人啊！呸！」

吳大人，我相信您平常一定不曾想過這些問題，您自己的女兒大概並未和昭君一樣和番而去。輿論界也不曾注意這個問題，因為社會上和番的女子畢竟極少。可是，您得承認咱們大漢民族這個堂堂法律實在不怎麼公道，是不是？您聽過「賽珍珠基金會」吧？他們收容了許多越戰期間混血的孤兒，中國的媽媽無力撫養他們，番族的爸爸又根本不要他們，大漢民族的台灣社會稱他們為「雜種」；這種孩子生在台灣、長在台灣，咱們的法律卻不承認他們是中國人，因為「媽媽」不算數，所以他們是「無國籍人士」！您不覺得這樣的法律可惡、可厭嗎？

昭君的娃娃做不做中國人，其實沒什麼關係啦，只是老是被大漢同胞看作一桶「肥水」、被大漢法律當作半個人來處理，心裡實在有點難過。您能不能和禮賓司司長商量商量，把這個落伍的法律改一改？

王昭君叩首

一九八七年一月二十七日

啊，女兒！

殺了你女兒的，是我們這個社會。

李女士，你的信使我流淚。

不，我並沒有一個「十八歲的女兒，喜歡在洗碗時放聲唱歌，喜歡在星期天陪媽媽上菜市場挑東揀西，講話的時候眼睛都在笑。」但是我有一個兩個月大的嬰兒，他也有一對愛笑的眼睛，充滿好奇的看這個世界。我愛他每一寸粉嫩的肌膚，迷戀他每一個不經心的動作。所以我能夠體會，當這樣一團粉嫩愛撫了十八年突然失去的時候，那分如刀割的傷痛。

更何況你的婉如受到那樣深的殘害，只是幫媽媽去買瓶醬油，只是抄條小路，免得趕不上晚餐。回家的時候，卻一身都是青腫。帶到醫院去，護士當著其他病人的面說：「怎麼這麼不小心，進去把褲子脫掉！」到警察局去報案，寫筆錄的警察問：「你認不認識他？有沒有跟他搭訕？有沒有跟他笑？你為什麼穿短褲出去呢？」

我也讀了婉如留給你的信，其中沒有一個字指責汙辱她的暴徒，卻充滿了自責：

「媽媽，我覺得很髒，很羞恥。警察說得對，我不該穿短褲出去。即使是夏天也不應該，我自找的。可是媽媽，我只是出去買瓶醬油，去去就回來……同學都不敢跟我說話，不敢正眼看我。每堂課我都是一個人坐在教室的最後面。文雄也不來找我了，現在的我也配不上他……我聽見班上的鳳英小聲說：要是我，我就去死……

媽媽，沒有用了。我只覺得自己很骯髒、下賤、恥辱，不能面對這個世界。女孩子失去了最寶貴的貞操，也沒有什麼幸福可言了。我的身體髒，我的靈魂也髒。啊，媽媽，我曾經作夢……」

李女士，你說你痛恨那個暴徒，也痛恨警察找不到暴徒，他很可能正在摧毀另一個嬌嫩可愛的女兒，使另一個母親傷心痛苦。你說你沸騰的心想控訴，可是不知道控訴誰：誰殺了我的女兒？

殺了你女兒的，並不是那個醜惡的暴徒，雖然他汙辱了婉如。是婉如用自己的手，拿起刀片結束了自己的生命；促使她做這個決定的，是她的觀念，而她的觀念來自這個社會；殺了你女兒的，是我們這個社會。

婉如為什麼覺得羞恥？如果有不良少年無緣無故刺了她一刀，她會不會責備自己「下賤」？當然不會，那個不良少年才是可恥的人。可是，強暴也是罪行，為什麼婉如這個受害人反而倒過來指責自己？為什麼護士罵「不小心」，為什麼警察說她不該穿短褲，為什麼同學不敢正眼看她？

這個社會喜歡用「純潔」來形容女孩子，失去貞操的女孩當然就不「純潔」了。不純潔，就是骯髒。

女性的品德以貞操做為衡量標準，貞操，就是一個女人的價值，所以我們有「遮羞費」；當一個女人和一個男人發生了性關係，失去貞操，這就是她的「羞恥」；男人給她一筆錢，就可以把她的「羞恥」遮掉。從前的社會為寡婦立貞節牌坊，就在讚揚一個女子在丈夫死後不再有性的行為。現在的社會強調女孩子「純潔」的重要，強調貞操的聖潔——婉如，當然覺得自己可恥。

這個社會對男性的縱容、對女性的輕視也逼使婉如走上絕路。暴徒拖著婉如的頭髮，毆打她、凌辱她、傷害她，這個社會卻對她說：男人具有性的攻擊欲望是天意、本來就有的；你做為女人的只能小心躲避，若不小心，活該！說不定，還是你穿了短褲去引誘他呢！

婉如怎麼能不自責？

貞操，也是個「貨品」，是嫁妝的一部分。結婚的時候，男人要點算女方送來了幾床被子、幾個冰箱電視機，還要確定女方沒有遺漏貞操那一項。婉如失去了那一項，文雄不再來找她，理所當然。一個女人的才智、能力，都沒有貞操來得重要。婉如再善良、再甜美可愛，知道她被「用」過了的男人，大概就不會親近她。所以婉如覺得——還有什麼人生幸福的可能？

李女士，就你的悲痛而言，我的分析的語調顯得實在冷酷。但是你的信中流露出你較廣大的關懷；你說：我要怎麼樣才能使別的母親不失去她們十八歲的女兒？要保住其他的女兒，我們就要真正知道婉如因何而死。

如果我們的社會讓婉如知道，暴行就是暴行，她是個受害者，值得我們同情與保護，她就不會那麼自責。如果這個社會教育她：女人的貞操和她做人的價值毫無關係，失去貞操並不代表失去人格尊嚴，婉如就不會有那樣痛苦的羞恥感。如果我們的社會曾經鼓勵她：所謂貞操只是那麼可有可無的一層薄膜，女人的世界寬廣無限，沒有那層莫名其妙的薄膜，她還是可以追求事業，追求幸福，婉如就不至於那樣自棄，也不會拿出那支刀片來割自己的手腕。

很不幸，婉如活在一個貌似開放，而其實頑固的社會裡。有形的貞節牌坊已被拆掉，男人女人都滿足的說：「啊，台灣沒有婦女問題，男女平等得很。」但是無形的貞節牌坊深深的建築在每個角落；男人對女人說，女人也對女人說：貞操是「寶貴」的，這種觀念，說穿了，不過是把女人當作盛著「貞操」的容器。「貞操」漏出來，表示瓶子破了，就可以丟到垃圾堆去。

婉如也以為自己已是個有裂縫的破瓶子，所以她把自己丟到垃圾堆裡去掩埋。

李女士，可敬的媽媽，警察即使抓到了那個暴徒，也只拯救了少數幾個可能受害的女孩。但是我們這個社會的貞節牌坊觀念一日不改，我們就有千千百百個女兒可能拿起刀片，在莫名其妙的「羞恥」中毀了美麗的生命，碎了白髮母親的心。

婉如有愛笑的眼睛，喜歡在洗碗時大聲唱歌，喜歡陪媽媽上菜市場；我的小嬰兒有粉嫩嫩的臉頰，清澈如水的眼睛，他也要長大。婉如不該是一個摔破了的瓶子，我的小嬰兒，不該是一個可能摔破的瓶子。讓我們拯救自己的女兒吧！

一九八六年三月八日

纏腦的人

把你的腳纏小了，我才能健步如飛。將你的腰餓瘦了，我才能伸出粗壯的臂膀來讓你作掌中輕。

龍應台教授在〈幼稚園大學〉一文中，提到「淚眼汪汪」的大學女生。她很驚異的發覺受高等教育、二十歲的女孩子在獨立處事的能力上，只有五歲的程度。

龍教授或許以為這是大學幼稚教育所致，美麗卻認為這兩個哭哭啼啼的大女生是「愚女政策」下的產品。

如果傷了腳踝的是個男生，我相信這兩個男生絕對不會淚眼汪汪，說不定還鐵青著臉，英雄氣概的說：「走，叫不到車，咱們爬下山去，小意思！」

女孩子為什麼遇事手足無措？因為她不會。為什麼不會？因為沒人教過她獨立自主。為什麼沒人教她獨立自主？因為她身為男人的父親、身為女人的母親，以及這個社會，都心裡有數：為了她有幸福的歸宿，她最好永遠保留淚眼汪汪的五歲心態；男人都喜歡楚楚可憐的女人。

你難道不知道，小說裡，那個頭髮亂亂、眼睛深深的男主角總是被小鳥依人、楚楚可憐的女孩所迷惑。在詩裡，總是「君為女蘿草，妾似菟絲花」，菟絲花就是繞指柔。在電視上，個性堅強明快、有主見的女人最後都淪為沒人要的老處女。劇終時，抽著菸斗的董事長爸爸會語重心長的說：「女人不能好強；男人，都是吃『軟』不吃硬的。」總而言之，柔弱，是女性取悅男性最有效的利器，也是女性幸福的保障。

男人又為什麼偏愛楚楚可憐的女人呢？

答案很簡單：為了滿足男性的「自我」。

把你的腳纏小了，我才能健步如飛。將你的腰餓瘦了，我才能伸出粗壯的臂膀來讓你作掌中輕。你的腦子愈是一團漿糊，我的智慧愈顯得清澈如水。你的個性愈是優柔寡斷，我的氣概愈顯得剛硬果決。你必須是柔情似蜜的美女，我才能作昂頭闊步、英氣逼人的大丈夫。如果你的腳大、腰粗、才思敏捷、個性明快，那我還唱什麼戲？

好吧！男女慕情，各取所需，本來就是造物者安排的一場遊戲，各扮各的角色，有何不可？男人為了膨脹自我，希望女人以弱者的姿態來取悅自己；女人為了安全保障，也就心甘情願的把自己塑造成弱者來取悅於他。於是男孩子雄赳赳，女孩子淚汪汪。這真是一個願打，一個願挨，皆大歡喜。

然而問題不這麼簡單。楚楚可憐的女性或遲或早都會發現她要付出「弱者」的代價：她或許絕頂聰明，但是「查某囡仔讀冊太多，嫁不出去」，所以她讀書「適可而止」；笨頭笨腦的弟弟年年補習，考聯考，她卻在紡織廠做工，積蓄嫁妝。她也許能力傑出，但她領的薪水硬是比李大頭少一百塊——「人家男人家要養家！」她或許好不容易找到了個理想的工作，但一跟賈胡圖結婚，就被辭退，像黏過鼻涕的衛生紙。結婚後，她也許辛辛苦苦賺了一棟房子，不幸賈胡圖愛上了個比她更楚楚可憐的人，辦離婚時她發現：她賺來的房子歸丈夫——和那個沒良心的查某。連她懷胎十月、餵奶、換尿布，一暝大一寸的小孩，也屬於丈夫；一切的一切，都歸雄赳赳、氣昂昂的賈胡圖。

哭，有什麼好哭的!?從小到大你不是深信女孩應該比男孩子身體纖弱一點、頭腦愚鈍一點、學歷低一點、知識少一點、個性軟一點嗎？你不是一直在唱「君是樹來妾是藤」嗎？你不是一向瞧不起那批自稱獨立的所謂「現代」女性嗎？既然心甘情願的作楚楚可憐的弱者在先，又怎麼能抱怨弱者的待遇在後？這不是活該嗎？

「淚眼汪汪」的女生恐怕不盡如龍教授所說，是大學幼稚教育的結果，「愚女政策」或許是更直接的因素。這個「愚女政策」在開始時也許是聰明男人的點子，女性卻也甘之若飴。

在先進的二十世紀，腳，是暫時不纏了，但是飯少吃兩頓，使體質羸弱，太陽少曬一點，使肌膚養白；書少讀幾本，使目光如豆；腦筋不動，使個性溫馴。會做的事假裝不會，使他有優越感；不會做的更別去學，傻著眼，作手足無措狀，激發他的英雄氣概。萬一非做不可，就做它個亂七八糟，再來個淚眼汪汪，讓他心都碎了。除此之外，還可以哭一陣、鬧一陣，跺跺腳，再上個吊。咱們是女孩子嘛！

這不是纏足，這是纏「腦」、纏「心」！你若執意要作自我侷限的弱者，那麼不能求學的時候、被迫辭職的時候、財產被剝奪的時候、薪水不公平的時候、失去子女監護權的時候，你就不要哭著說：「你們男人都是這樣！」纏腦的是你自己。

一九八五年四月五日

醜聞？

他們說我勾引年輕男子，只有一個目的，就是性。說我敗壞風俗，說這是醜聞。

美麗女士：

常常讀到你為女性說話的文章，所以寫這封信，希望和你談談我的煩惱。我的教育水準不高，辭句不通的地方請原諒，尤其今天心裡很激動。

我今年四十五歲。丈夫阿坤在十年前車禍死去，留下我和兩個小孩，守著丈夫的家具行，生活還過得去。十年前，連阿坤的爸爸媽媽都勸我改嫁，說這年頭不一樣了，不必死心眼守寡，可是我看孩子還小，實在不願為他們找個後爸，所以一年又一年，也熬過來了。

然後阿珠到台北吃頭路（在美容院，專門燙男人的頭髮），一個月才回家一次。阿雄去作兵，平常只能寫寫信。我一個人看店，有時候也真寂寞。隔壁鄰居跟我同歲的女人都是有丈夫的，也不可能過來陪我聊天，所以我常打毛線，有時候也看三毛和瓊瑤的小說。

這一天，一個戴眼鏡的大學生來買書桌，看中那張最便宜、三百二的桌子，想講價又有點不好意思的樣子。我想起在馬祖的阿雄不知冷暖如何，就主動降了三十元給他。他叫何慶祥。以後他就常來店裡，有時候來借檯燈，有時候，帶一些書來給我看，有些是翻譯的，像《包法利夫人》和《野性的呼喚》，比較難懂，但一經阿祥解釋，就清楚了很多，我也漸漸愛看起來。

每次阿祥來，我就留他吃飯。他每次都吃得很快、很多，好像在學校裡沒飯吃一樣。一面吃，就一面說學校裡的事，常常說大學女生很嬌嫩，不成熟，跟她們談不來。看他落落寡歡的樣子，我也心疼，只好多炒幾樣菜，逼他談我們都看過的書，逼他把髒的衣服帶過來洗。後來，我們就一起去看電影，在黑黑的戲院裡他牽著我的手，一直沒有放。

這是去年發生的事，今年二月，我們決定要結婚。阿珠和阿雄當然很詫異：媽媽要跟一個二十歲的男生結婚，可是笑過之後也就算了，他們還好幾次和阿祥三個人一起到城隍廟的夜市去喝啤酒。

阿祥的爸媽在台南開布店，年紀跟我差不多。阿祥說他們很保守，可能反應會很強烈，但他們一向都聽他的，只要我們堅持，總是會風平浪靜的。阿祥握著我的手，說：「阿芬姐，你一定要忍耐。」他那個穩定沉著的樣子，像個五十歲的老頭，比死去的阿坤還要篤定得多。我讓他回台南，安心等他父母暴風雨似的到來。

他爸媽真的來把我臭罵一頓，說我「不要臉」、「勾引男孩子」，什麼難聽的話都說盡了。美麗女士，我也不是那種溫馴乖巧的女人，難聽的話我也會說。對面那個後生曾經想賴我的帳，還在店裡毛手毛腳，被我用殺雞的菜刀像瘋婆子一樣把他嚇出去，到現在還不敢進我店門。可是對阿祥的父母，我當然不會回嘴；等他們氣完了，發覺阿祥和我還是那樣，大概也會回心轉意吧!?

結果，真正傷到我心的居然是外人——報紙的記者。他們說我勾引年輕男子，只有一個目的，就是性。說我敗壞風俗，說這是醜聞。還找了什麼心理學教授之類的，來分析我的心理，說我正值「狼虎之年」，性欲正強，所以完全是以性來滿足自己、誘引別人。

胡女士，我只有高中畢業，又一直住在鄉下，也沒有接觸過什麼新女性主義之類新潮的觀念，所以對自己很缺乏信心。你能不能告訴我：記者這樣報導我對不對？那位心理學教授這樣說我應不應該？我很迷惑。

四十幾歲的男人娶二十歲的女人為妻子的例子很多，為什麼四十幾歲的女人嫁給二十歲的男人就是「醜聞」？我和阿祥相愛，到底「醜」在哪裡？我不偷人家的丈夫，又不與人隨便同居，而是要和阿祥光明正大的結婚，我「敗壞」了什麼風俗？說我「勾引」阿祥，阿祥是個年滿二十歲、頭腦清楚、個性成熟的大學生，是不是「勾引」，問他不就行了。那位受過教育多多的心理系教授，又沒見過我，問過我的話，他怎麼能說我對「性」的要求怎麼樣又怎麼樣，好像我不是一個有名有姓有自尊心的人，好像他在討論一個心理個案，可是他又沒有研究過我「張淑芬」的個案，他怎麼能在報紙上信口開河？現在隔壁的小孩子看到我，都吃吃的指著我笑說：「伊『狼虎之年』！」要我今後怎麼做人？我到底做錯了什麼事，要記者、教授來處罰我？

不是不知道和阿祥結婚，以後的日子還困難多多，我們也都爭論過。我六十歲的時候，他才三十五歲，我怎麼保得住他？可是轉念想想，難道年齡相稱的夫妻就沒有問題嗎？阿坤撞車的時候，才只三十六歲；我也並沒有在二十歲的時候，為了擔心作寡婦而不嫁他呀!?未來哪裡是可以用一個手指、一個手指計算安排的呢！守了十年的寡，孩子們都出頭了，我還不能嫁一個自己喜歡的人嗎？更何況，將來有再大的困難，也都是阿祥和我張淑芬自己的私事，這與報紙、心理學家、社會道德有什麼關係呢？

報紙上那樣報導，好像四十五歲的女人和二十歲的男人結婚是件很骯髒的事，我覺得很受傷；四十五歲又怎麼樣？如果一個四十五歲的男人在一般人心目中是瀟灑迷人、成熟智慧的，四十五歲的我也覺得心裡充滿了感情、充滿了愛的力量。我錯在哪裡？

胡女士，我的知識不多，請你告訴我，這個心理學教授有沒有權利那樣侮辱我？我受不受法律的保護？能不能控告他破壞我的名譽？

張淑芬敬上

一九八五年四月十日

遮羞費

不好意思啦！那個字我都不敢說，你真開放。可是秀花是被騙的啦，因為她是女的。

哎呀！胡小姐，怎麼這麼久沒來？坐這邊坐這邊。你看，頭髮都分叉了，早就該修了。不要動；有沒有帶潤絲精來？

今天只有我一個人，秀花請假——你沒有看昨天的報紙？太忙？你們作老師的還會太忙！又有寒假，又有暑假，又有周末，哪裡像我們，從早上八點站到半夜，有些太太就是喜歡三更半夜來做頭髮，你就不知道！而且越晚來的越愛講話聊天，把我累得半死。早知道，小時候就多讀一點書，不過，我一看書就愛睏……

秀花鬧新聞了，所以今天我一個人做。你應該去找昨天的報紙，哇，好大的標題，第幾版我不知道，說什麼「醫生甜言蜜語，髮姐被騙失身」，還說什麼「一失足成千古恨」，可以作為少女榜樣，不對，不是「榜樣」。那兩個字我不會念啦！什麼？英劍？作為少女英劍？大概是吧！你把頭偏過來一點，嘖嘖，尾巴都焦掉了！

秀花跟她阿爹和那個醫生今天到派出所去談判遮羞費，好像秀花要三萬塊，那個壞查玻只肯給五千，他一直說是秀花自己愛跟他磨灰，害秀花她老爸一直追打秀花，還一面大叫：「打死你這個沒見笑的查某嬰那……。」

實在很趣味。啊那個醫生你也見過，就在這裡嘛！一個油油的大包頭，老是要秀花給他按摩肩膀，說秀花長得像崔苔菁，對啦對啦，就是那個褲子穿得很緊的。他不是阿花的男朋友啦！不過，因為他是醫生，秀花對他特別另眼相見。每次都給他抹最好的油，而且抹得特別多，一面抹還一面笑，還對著他耳朵說悄悄話。有一次被頭家娘睹到，把她罵一頓。我早就知道一定會出事情。

這個二十歲的阿花哦，你別看她眼睛大大，古錐古錐的樣子，才不簡單哩！

她常常跟對面機車店的修理師傅到美美冰果店去看那種電影——你聽懂嗎？對啦，「那種」電影啦！真噁心！啊她回來就講給我聽，一點都不漏，我都不愛聽。我們睏在樓上小房間，三個榻榻米大。很多蚊子，沒有蚊帳都不能睏，掛了蚊帳又熱得流汗。你看，我的腳像紅豆冰一樣，都是蚊子咬的。秀花就很奇怪，她的皮膚特別光滑，實在讓我嫉妒——啊，剛剛說到哪裡？

對啦！秀花很愛講「那種」事啦！啊我都不好意思聽。很噁心！後來她就沒有回來睏，一打烊就溜了。我起先還以為她跟機車師傅去看電影，原來——哈！啊肥肥的醫生娘突然跑到我們店裡來找秀花，找不到就破口大罵。有錢人就是有錢人，哇，她滿嘴都是金燦燦的假牙！也難怪，她頭家是牙醫嘛！胡小姐，你的牙齒好不好？

秀花跑到派出所去告油頭醫生，說他騙她。說他發誓要跟太太離婚，再娶秀花。現在東窗事發，醫生娘要全家搬到羅東去，躲開這個狐狸精。秀花氣得要死，說不甘心，白白給他睏。查玻郎實在太沒良心，專門欺騙女人的感情，還有身體。我讀過一本小說，名字就叫《負心的人》——這樣愈講愈遠；胡小姐，你讀書比較多，你覺得怎麼樣？

嗄？男女相悅兩相情願，不應該要遮羞費？可是，可是秀花是查某呀，查玻郎不騙她，她怎麼會「失身」？當然是騙的嘛！

女人也可以享受性愛，不見得是被「騙」——胡小姐，免講了，不好意思啦！那個字我都不敢說，你真開放。可是秀花是被騙的啦，因為她是女的。

秀花是個成熟的女人，要為自己所下的決定與行為負責——我聽沒懂。秀花成熟不成熟，我嗯宰樣。她失去少女的貞操該怎麼辦？啊，你這樣講不對啦！你說男人也可以有貞操；跟女的一樣？哦，所以男的也可以跟女的要「遮羞費」？因為男女平等？男的喜歡「那個」，女的也喜歡「那個」，所以沒有誰騙誰？

你這種說法驚死人，我從來沒聽過。只有查某要遮羞費，哪裡有查玻要遮羞費的，顛倒笑死人。

再講一遍，講慢一點，我聽沒懂——女人如果要遮羞費，就等於把自己當作展示台上的「貞操玩偶」，被男人扭壞了，就要他賠償，而不是把自己當作一個懂得享受性愛，有能力作決定，有勇氣負擔後果的個人——我聽不懂。不過，沒要緊，現在報紙都說油頭醫生是「大騙子」、「採花賊」，對秀花很有利。大家都同情她。昨天派出所的巡佐還來看她，要她以後注意，不要被男人騙了。

啊我絕對不讓查玻碰我一點點。一定要先公證結婚，有憑有證，才跟他一手交證，一手交「貨」。像秀花多悽慘，大家都知道她「失身」了，還有誰要娶她？不過，三萬塊的遮羞費拿到，她可以另外找頭路，也不錯！我要做多久才能賺三萬？

要不要噴膠水？

一九八五年六月十四日

那個有什麼不好？

——給賈正經老師

對救國團、學校、一個陌生的壞人，不具一絲抵抗能力。這樣的查某是怎麼教出來的？

社會版的新聞有時候很荒唐，譬如下面這一則，美麗就覺得記者很有「捏造」的嫌疑：

郭××，於某日至北市長庚醫院看病時，得識一張姓女子，在與張女閒談時得知目前就讀於某專科學校二年級的李姓少女，及李女男友的名字。

本月十二日晚，郭××自稱為陳文騂，係救國團之社工員，打電話給李女稱：已掌握李女交男友及校外活動之資料，將報知該校，以此要脅李女外出與他見面。

李女與郭嫌見面後，郭嫌即指稱李女臉色不好，有性病需要醫治，李女信以為真，乃向兩位同學借得三千五百元交給郭某帶她看病，然而郭某並未帶她至醫院，反而先帶她到「毛毛咖啡廳」，拿了一份悔過書，要李女照抄後，再將李女帶至「寶巧」賓館內以替李女檢查性病為由，吸取李女下體之分泌物。

警方昨日曾至郭嫌家中搜索，查出多件大專女學生之證件，及通訊名冊，懷疑皆係被害人。

你相不相信台灣還有這種大專女生？哈，你說相信！好吧！想想胡美麗自己長到二十幾歲還不知道男人跟女人怎麼樣一起生孩子（有一天，她在俄亥俄州立大學的圖書館裡，偶然翻到一本《中國歷代春畫》，大驚失色，「唉呀，原來中國的古人也會那個，不是西風東漸哪！」她才頓然了悟中國人口怎麼會這麼多。）咱們就暫且假定記者報導的是真的，來推敲推敲。

首先，郭××這個採花盜為什麼會動念偽裝「救國團」的人呢？他也可以說他是麻豆或任何地方消防隊的隊員呀！問題是，他若自稱消防隊員，這個大專女生很可能說：「去你的大頭鬼！」可是一聽是「救國團」，李女就接受要脅；美麗奇怪的是：為什麼郭××算計好它有「脅迫」學生的功效，而為什麼又能輕易奏效呢？難道李女以為救國團是監督學生行為的「祕密警察」？

更奇怪的，李××之所以接受威脅，是因為郭××說要把她交男朋友的事實及校外活動情況，報告她的學校。她怕了，所以出來和郭××見面。

這究竟是所什麼學校，把學生嚇得這個樣子？在胡美麗來看，一個學生把書讀好了，儘可以對學校說：「交男朋友關你屁事？我在校外做什麼關你屁事？」只要她不偷不搶不殺人滅跡；偷了搶了殺人滅跡了都還有司法機關來管，關學校屁事？學校應該教她的是如何培養出獨立自主、發乎內在的道德精神，不是把她當作一個需要監視防範的罪犯。苦啊，這個女學生顯然覺得：與其讓學校知道了她的個人生活，不如屈服於一個陌生人的要脅；前者似乎比後者還要可怕。

嘖嘖，這樣的「教育」機構美麗也怕。

嘖嘖，驚人的事情還在後頭呢！這個大專女生，聽郭××說她有性病，就認為自己有性病。小時候，美麗的媽媽常常罵她：「叫你去死，你就去死嗎？」李××就讓郭××帶到「毛毛咖啡屋」，到賓館，再來，就別提了。色情的部分讓記者去寫，胡美麗關心的是這個笨得教人頭痛的女生。

她為什麼那麼輕易的受騙？嘿，別搞錯了，並不是凡是女的跟男的去那個，就是女的「受騙」。人家若是心甘情願的，快快樂樂的去那個，那是人家自己的事，誰也管不著，誰也不騙誰。可是，如果有一方是在本身「無知」的情況下受到玩弄，那就是騙。郭××的騙詞荒謬到極點，卻能得逞，表示女學生的無知也嚴重到極點——她對生理常識一無所知，她不敢自己上醫院檢查治療，她對自己做為一個「人」的尊嚴與權益也毫無認識，對救國團、學校、一個陌生的壞人，不具一絲抵抗能力。這樣的查某是怎麼教出來的？

應該倒過來回答：就是因為沒有教，才教出這樣的女生。美麗自己上初中時，生理衛生老師碰到講男女身體結構的那一章，面紅耳赤作嬌羞狀的說：「自己回去看！」過了二十年，美麗問妙齡的姪女：「你們老師教不教？如何教？」姪女說：「啊，我們老師面紅耳赤作嬌羞狀說：自己回去看！」姪女輕蔑的說：「有什麼好看！人家男生都去看錄影帶了。」

學校不教，那當然只好去看錄影帶。老天哪，你到底有沒有看過錄影帶？日本製的帶子裡特別多強暴的鏡頭，闖進門來的強盜一把抓起良家婦女的頭髮，劈啪幾個耳光；越是粗暴凶狠，良家婦女就越神魂顛倒。美國的影片特別多道具，手銬足鐐，美麗瞠目結舌，看都看不懂，只知道有人被皮鞭抽得皮綻血流，還有一個女人把一片精赤的剃刀放在……

從這種錄影帶來獲取性知識，真教人不寒而慄。學校裡道貌岸然的教育家、面紅耳赤作嬌羞狀的老師，有沒有想過「學校不教、自己去看」的可怖後果？美麗實在搞不懂「性」這回事為什麼在中國人的社會裡竟是那麼見不得人的東西。哪一個人不是「性」的證據呢？你看著賈正經站在那兒，就知道有一個晚上，有一個男人、有一個女人，做了那麼一件事，不然賈正經打哪兒來的？怎麼命名為「正經」之後，就假裝沒「那回事」呢？到底「性」有什麼不能說的？

父母不教、學校不教，所以男生就去看錄影帶，結果就產生郭××這種變態的男人。父母不教、學校不教，女生又不敢看錄影帶，結果就產生李××這種無知的女孩。哈，郭××碰到李××，只是遲早的事。說來像笑話，但是李××身心的傷害可想而知。辦教育的、編教科書的、教生理的「賈正經」老師，真認為自己沒有責任嗎？嘖嘖，美麗覺得這姓賈的該有人給他狠狠當頭一棒呢！

賈老師不僅只應該講解生理知識——妹妹和弟弟有什麼不同，除了頭髮長短之外，還應該不避諱的、自然的，解釋性的知識——妹妹和弟弟長大了之後，可以做什麼，換句話說，賈正經是怎麼出世的。且慢，還沒完呢，性知識也不能少了「補遺篇」：未婚的妹妹肚子大了怎麼處理？還有，怎麼樣才能避免肚子大？嗨，你以為美麗在鼓勵青年男女「亂來」是嗎？不是的，但你想想，如果不管教不教避孕常識，妹妹還是會去那個的話，「懂」比「不懂」好，不是嗎？

生理常識、性知識之外，賈老師也應該傳導健康的性觀念（只是不知道賈老師自己的觀念是否健康）。一味的「禁」，沒用啦！上帝不也跟亞當夏娃說過「禁」，你看後果如何。越禁越刺激，越想偷偷去做，這一「偷偷」，就好像見不到陽光、大石頭壓著的一片陰濕土壤，什麼臭蟲都會長出來。性病啦、懷孕啦、墮胎啦，在無知中造成，心裡怕怕又不敢就醫，糊裡糊塗祕密解決，唉呀，把命都解決掉了。

賈老師如果認為青年少女不可以「亂來」，就應該讓他們清清楚楚的知道自己的行為會造成什麼後果，讓弟弟跟妹妹在「知」的情況下，自己去作決定。他願意「冰清玉潔」也好，省掉一些麻煩；他不願意「冰清玉潔」，好嘛，至少賈正經老師教過他，他懂得如何保持身體的健康，保持心理的健康；他知道他在搞什麼玩意兒，也知道如何收拾這玩意兒。

你如果跳腳說：「怎麼可以讓年輕人知道這麼多？那他們都去那個了。」我說你頭腦不清楚。都去「那個」了又怎麼樣？他們不是遲早都要「那個」嗎？讓他們一知半解的、偷偷摸摸的、糊裡糊塗的去那個，才是最不可容忍的事。我是說，你如果真有愛心的話。

胡美麗最討厭的就是我們社會最愛大量製造的「純潔」少女、「純潔」女大學生。「純潔」是什麼意思？看看電視連續劇就知道，睜著一對美麗的大眼睛，掉幾滴純情的眼淚，對性，必須絕對一無所知（當然，知道性，就骯髒了，不純潔了。）她以為今天接個吻明天就會生個孩子。她越無知，表示她越純潔；越純潔，我們的社會就越喜歡，等到有一天「純潔」少女挺著大肚子回家來，說：「奇怪呀，我們其實並沒有接吻哩！」賈正經老爸爸才呼天搶地。

尤其是大學女生，應該鄙視社會所製造的「純潔玉女」形象。大學教育，在培養一個能做複雜思考的人，一個生活常識豐富的人，一個有成熟的道德觀、能獨立做判斷的人，一個完全為自己行為負責的人——這跟我見猶憐、越笨越美的「純潔玉女」簡直是背道而馳。可是有許多大學女生似乎覺得那些大學的期許都是針對國家未來棟材——男生而言，女生還是應該「純潔」可愛的，這樣男生比較喜歡。

賈正經老師、賈正經先生、賈正經太太，仍舊同心協力的在教育我們的女兒，把她教成一個什麼「那個」都不知道的「純潔」少女。嘖嘖，等著看吧，郭××和李××的社會新聞還多著呢！

一九八七年三月三十一日

你是個好母親嗎？

你在家裡教小孩「活」讀書、重思想，學校為了聯考，卻強迫孩子死記生吞。你在家裡給孩子準備最營養的早餐，商店供應你的，卻是假的奶粉。

你是個好母親嗎？來，試試「美麗母親心理測驗」，看看你能夠得幾分。

如果你懷疑半歲大的娃娃有鬼怪附身，所以你把他從十樓的窗口丟出去，或者把他塞在箱子裡悶死（在紐約發生的）。如果，你一生氣起來全身發抖，會情不自禁的拿香菸去燙小孩的腿；或者，六歲的小叮噹不聽你話，偷吃了巧克力，你就用鐵箝把他的牙齒全敲下來（在台灣發生的），那麼，你這個母親的得分是負值的，也就是說，比零還低。你讀完這篇文章就趕快去看精神科醫生。

如果你給孩子吃得飽、穿得暖、用得足，可是你工作太忙，從來就抽不出時間跟孩子們聊天、放風箏、看場電影，換句電腦用語，你專門供給硬體——房子、冰淇淋、零用錢，但是不給軟體——耐心、微笑、愛，你這個母親，大概只值二十分。

如果你不僅讓孩子們吃飽、穿暖，還刻意的花時間和他們去交朋友。胖妞跌傷的時候，找你吹一下就眉開眼笑。小毛被人欺負了，跟你耳語兩句，就心滿意足。孩子們認為，除了毛茸茸的小黑以外，你是他們最忠實、最溫柔的夥伴。這樣，你這個母親可以得四十分——才四十分？當然啦！因為你跟小毛他爹三天兩頭仇人似的吵架。別以為房門關得嚴，孩子又睡得沉。花瓶把梳妝鏡打個粉碎，隔村的人都聽得見。孩子在被窩裡頭哭的樣子你就沒看見。

如果你這個媽媽不但是孩子們最親密的夥伴，也是爹爹最溫柔的助手；不但懂得家庭營養，也知曉兒童心理；不但對孩子管教有方，而且對公婆和睦周到。家裡內外更是窗明几淨，是所有的小朋友都愛來的窩。這樣的母親，該得一百分了吧!?

不，在「美麗測驗」的標準中，這樣慈愛、細心、「完美」的母親，只能拿六十分。

為什麼？

因為這樣的母親，就像一隻辛勤的母鳥在枝葉深處努力的築巢、餵哺，但她絲毫不知道，這株她所棲息的大樹正受萬蟲蝕蛀，隨時有倒塌的危險，看看胖妞和小毛正在進入一個什麼樣的世界：

從十二到十五歲，他們的發育都還沒有完全，但我們為他們準備的教育制度將把他們的肩膀拉斜，因為書包很重；要使他們視力衰退，戴上眼鏡（你現在覺得胖妞眼睛清亮動人嗎？多看兩眼，不久了。）；要使他們眼布血絲、面目呆滯，因為睡眠不足；要把他們訓練成高壓下的競爭動物，因為他們發覺：一起捉青蛙的朋友其實是考場中的敵人。換句話說，對每一個胖妞和小毛，我們這個小島上的成人世界都張著一張大網等他們闖進來，一進來就掐死他的童年與快樂。

這株「大樹」裡另外有隻驚人的蟲，正在把樹上所有的葉子一寸一寸的吃掉，每吃掉一葉，就留下一圈焦黃的窟窿。這隻蟲有個好聽的名字，叫「經濟成長」。我們自己是胖妞和小毛的時候，街上有火紅的鳳凰花，河裡有透明的細蝦，海邊有怪模怪樣的沙蟹。我們現在所留給胖妞和小毛的，河裡有垃圾和帶汞的魚，街上有「年年綠化」的髒牌子和禿死的樹，海邊有廢棄的電池和金屬，海裡的珊瑚一片死亡。這，是胖妞和小毛的明天。

在這樣的大環境之下，關起門來做個細心、溫柔的母親，你覺得夠嗎？想想看，你在家裡教小孩「活」讀書、重思想，學校為了聯考，卻強迫孩子死記生吞。你在家裡給孩子準備最營養的早餐，商店供應你的，卻是假的奶粉。你在家裡教導孩子珍愛自然生命，出了門的孩子卻根本看不見、感觸不到自然生命。

關起門來做個「好」母親，夠嗎？

解決問題要從根本治起。如果你真心愛你的子女，而且懂得如何去愛，你應該如切膚之痛的體認到：把小圈圈弄好是不夠的，你必須發揮力量促成大環境的改造。先進國家的婦女早就訴諸行動了。日本的媽媽，發現巷口那家超級市場賣假冒的乳酪，她所加入的「主婦聯」組織立即採取行動，抵制這家商店。

美國的媽媽喪失了心愛的女兒——被酒醉的駕車人撞死，她馬上組織所有關心的媽媽迫使警察作嚴格的取締。德國的媽媽擔心核子大戰及生態的破壞——她希望德國代代子孫都能享受黑森林的呼吸，於是她開始閱讀有關核害及汙染的資料，甚至組織了一個政黨，來實現她們的理想。

台灣的母親，你又在做什麼呢？為工作忙嗎？為三餐操心嗎？上插花班、有氧韻律體操課嗎？打麻將嗎？串門子嗎？覺得空虛、寂寞、無聊嗎？為孩子的未來憂慮嗎？

如果只是在小圈圈裡親親孩子的臉頰、吻吻他的手，我們究竟為孩子的明天做了什麼？現代的母親已經不是一個踮著三寸金蓮，「父死從夫、夫死從子」的愚婦；你受過教育，有智慧、有能力、有思想，為什麼不主動為孩子爭取一個比較美好的未來？現行的教育制度有什麼毛病、核電廠該不該建、環保局的預算夠不夠、衛生署的措施等等，並不是「男人」的問題；這些事切身的影響到胖妞和小毛的未來，就是母親該關懷的問題，就是「女人」切身的問題。任何有膽識的母親都應該抽出那麼一點點時間，從廚房和梳妝台邊走出來，大聲的說話，勇敢的行動。

INK PUBLISHING 讀者服務卡

您買的書是：________________________________

生日：　　年　　月　　日

學歷：□國中　□高中　□大專　□研究所（含以上）

職業：□學生　□軍警公教　□服務業

□工　□商　□大衆傳播

□SOHO族　□學生　□其他 ____________

購書方式：□門市 _____ 書店　□網路書店　□親友贈送　□其他 _____

購書原因：□題材吸引　□價格實在　□力挺作者　□設計新穎

□就愛印刻　□其他 ____________（可複選）

購買日期：_______年_______月_______日

你從哪裡得知本書：□書店　□報紙　□雜誌　□網路　□親友介紹

□DM傳單　□廣播　□電視　□其他

你對本書的評價：（請填代號　1.非常滿意　2.滿意　3.普通　4.不滿意）

書名_____　內容_____封面設計_____版面設計_____

讀完本書後您覺得：

1.□非常喜歡　2.□喜歡　3.□普通　4.□不喜歡　5.□非常不喜歡

您對於本書建議：

感謝您的惠顧，為了提供更好的服務，請填妥各欄資料，將讀者服務卡直接寄回或傳真本社，我們將隨時提供最新的出版、活動等相關訊息。

讀者服務專線：（02）2228-1626　讀者傳真專線：（02）2228-1598

廣	告	回	信
板橋郵局登記證			
板橋廣字第83號			
免	貼	郵	票

舒讀網「碼」上看

235-53
新北市中和區建一路249號8樓
印刻文學生活雜誌出版有限公司　收
讀者服務部

姓名：＿＿＿＿＿＿＿＿　性別：□男　□女

郵遞區號：＿＿＿＿＿＿＿＿

地址：＿＿＿＿＿＿＿＿

電話：（日）＿＿＿＿＿＿＿＿（夜）＿＿＿＿＿＿＿＿

傳真：＿＿＿＿＿＿＿＿

e-mail：＿＿＿＿＿＿＿＿

INK

如果你真想給眼睛清亮的胖妞和小毛一個值得活、值得愛的明天，你就得做一個主動的、一百分的母親，不能是一個被動的、小圈圈裡的、六十分的媽媽。

一九八五年五月十二日

一瞑大一寸

奇怪了，所有「哺乳類」中，狗餵狗奶，豬餵豬奶，人為什麼不餵人奶？

「速隆美！速隆美豐乳器使你一瞑大一寸，使你曲線玲瓏，豐滿誘人，贏得男人的愛慕、女人的嫉妒。速隆美是你人生幸福的泉源。」好醒目的廣告。還有照片，穿著比基尼的女郎像隻肥企鵝似的把前胸奮力推出，一臉媚笑。廠商有資本做這麼大的廣告，想來去買「一瞑大一寸」的女人應還真不少？

另外還有一種聲勢浩大的廣告也與女人的乳房有關：嬰兒奶粉廣告；報紙、

電視、小兒科的走廊上，到處都是。

奶粉廣告有兩個要素，一是文字或語言，告訴你：

「胖嘟嘟奶粉完全依照母乳成分，由荷蘭科學家精心調配而成，成分與母乳相同，營養均衡，容易消化……被證明是現代化、完善母乳化的嬰兒奶粉……」另一個要素是圖片：美麗優雅的母親，美麗優雅的背景；最重要的，一個胖嘟嘟可愛的寶寶，而且是金髮碧眼的洋寶寶！

這樣的廣告，到底在搞什麼鬼？

圖片中充滿了暗示。美麗優雅的母親用胖嘟嘟奶粉，也就是說，如果你有氣質、有身分、有錢，你就用奶粉育嬰。只有粗俗貧困的鄉下婦人才用母奶，或者米麩之類的代用品。這個信息和「速隆美」豐乳器就扯上關係了：女人的乳房純粹為了「美」而存在，是性的誘惑，不是用來哺乳的；優雅的婦女不屑於餵母奶！

廠商以洋寶寶作宣傳當然也別有用心。在一般人觀念中，西方人講究營養，體格健壯。螢光幕上洋娃娃肥肥的手腳晃來晃去，就在暗示你：如果你也用胖嘟嘟奶粉，你的嬰兒就會像洋寶寶一樣健康可愛。

至於那段宣傳文字，就更有權威性了，不但是「現代化、完善母乳化」，而且由荷蘭——一個西方先進國家——的「科學家」調配而成，還有什麼可懷疑？

不過，這些廣告如果都是真的，為什麼英國發展組織指控這些奶粉公司為「嬰兒謀殺者」？瑞士的第三世界行動團還出了一本書，書名就叫《雀巢公司謀殺嬰兒嗎？》。世界衛生組織和聯合國的兒童基金會也同聲譴責奶粉公司的廣告伎倆。因為這些廣告完全歪曲了事實真相，為了牟利而犧牲了嬰兒的健康。

西方的母親知道世界上沒有任何奶粉比得上母奶，也充分感覺到奶粉企業的聲勢浩大，所以在法國，有婦女組織了「哺乳聯會」（La Leche League），在西方各國勸導婦女哺乳。歐美各國的婦女組織、工會、宗教及衛生團體，也都發起拒買奶粉的運動。跨國經營的奶粉大企業，騙不到西方婦女的錢，只好轉移陣地，來騙騙咱們第三世界的母親。

而我們第三世界的女人倒也天真無邪，西方人賣什麼我們都要。二十年前，母親餵奶的鏡頭到處可見。公車上、榕樹下、騎樓邊，只要娃娃餓了，母親就把孩子擁入懷裡，讓他飽餐一頓。二十年後的今天，我們的嬰兒可能以為所謂的「母親的乳房」，就是一個硬硬的、透明的、要用開水煮過的塑膠容器呢！

奇怪的是，大部分的醫院也和牛奶趨勢息息相關。他們通常連問都不問，就逕自給嬰兒餵牛奶，更別提鼓勵產婦哺乳了。產婦出院，碰到的第一個問題是：「你用什麼牌子的奶粉？」好像奶粉是自盤古開天地以來就有的正統育嬰食品；餵母奶倒成了「非正統」的異數。每當有人用驚訝的表情問胡美麗「為什麼」餵母奶時，胡媽媽無奈之餘只好回答：奇怪了，所有「哺乳類」中，狗餵狗奶，豬餵豬奶，人為什麼不餵人奶？

你可別覺得這乳房問題是不登大雅之堂的話題，不應該在報上嚷嚷。它的重要，首先關係到婦女自尊的觀念問題。以前的女人纏足，把腳的骨骼扭曲折裂，綁成半個臭粽子，是棄置腳的正常功能——不讓它走跳踢跑，卻把它作為取悅男人的香餌。現代的中國女人不纏足，進步了，解放了，可是如果她們去豐乳，有了孩子之後卻不哺乳，那就是棄置乳房的正常功能——不讓它哺育嬰兒，卻把它當作取悅男人的玩物。這和纏足沒有兩樣，後果卻比纏足更嚴重：纏足還只傷害了自己的身體，豐乳而不哺乳，除了可能在自己身體中製造不好玩的硬塊之外，還傷害了自己的嬰兒；他被剝奪了吃母奶長大的機會；而母奶是一個嬰兒無可取代的最營養的食物。

纏足與豐乳，一個縮小，一個放大，含意卻是一樣的：女人把自己當作男人「性」的寵物。

台灣的母親不再哺乳，問題更嚴重。西方國家禁用的藥，到台灣來賣。先進國家不准成立的工廠，到台灣來開。西方的母親不用奶粉，到台灣來賣給中國的母親。有毒的藥吃進中國人的身體；工廠的汙染糟蹋中國人的土地；不如母奶的奶粉餵食中國人的下一代。

以前侵略中國土地的是帶著槍彈的強國的軍隊，現在入侵台灣的是帶著文明包裝的先進國商品。

有形的軍事入侵，我們至少還有武力反抗；文明商品的侵略，我們卻睜一眼閉一眼歡迎，不問後果。西方的大企業也知道第三世界好騙，料定他們科技資訊不足，不知道一個新發明可能隱藏的禍害；也因為他們的政府往往需要「飲鴆止渴」，引進有毒的工業換取外匯，更因為第三世界的民眾缺乏自信與警覺，對西方的文明不加選擇，不經思考的模仿、吸收。

台灣的母親不餵奶，損失的母奶量等於三・二萬頭乳牛的產量，更別提多少辛苦賺來的金錢拿去買外國的奶粉，更別提我們整個民族幼苗靠奶粉長大換來次等的健康。

藥品的毒害與工業的汙染讓那些大男人去操心吧。（反正咱們政府的高級主管，不論在衛生署或環保局，大多是男人。）我們這些會懷孕生孩子買尿片的小女人可不能毫無責任。沒有任何奶粉比得上母奶的營養，沒有任何奶瓶能給予母親和嬰兒那種肌膚相親的滿足感；母親柔軟的乳房更不是冷硬的塑膠瓶可以取代的。先進國的奶粉企業或許要你作一個美麗優雅的母親，拿著一個美麗優雅的奶瓶，餵你美麗優雅的嬰兒；有覺醒的你卻應該排除萬難，努力作一個真實的「哺乳動物」。

但願那「一瞑大一寸」的，不是我們的乳房，而是我們甜甜蜜蜜帶著乳香的嬰兒。

一九八六年三月三日

龍應台
這樣說

蘇珊和她的女兒

那一整個夏日的午後，我傾聽赤腳的蘇珊暢談世界人權特赦組織、世界婦女大會、綠色和平、雨林救援；她關心每一件事，參與每一件事情。

在電話上，她說她是我的朋友的朋友，而我的朋友一定要她來和我認識，她名叫蘇珊，加州人。

蘇珊在一個夏日的午後，出現在門前石階上，一個大約五十五歲的女人。長髮盤在頭上，凌亂地散下來，拂蓋著半張臉。黑色及地的長裙下一雙光腳，涼鞋捻在手裡。

她大剌剌地走進客廳，重重地跌坐進沙發，說：「熱死了，給我一杯水，白開水！」

蘇珊剛從台灣回來。是第一次去台灣，「但是一去就見了許多你們的反對分子。」她仰頭咕嚕咕嚕喝水。

「反對分子？」我說，這是一九九四年，台灣已經沒有反對「分子」，台灣只有反對黨。反對分子早就坐大啦。你是跟反對反對黨的反對分子在一起嗎？

「哦？」蘇珊愣了一下。她也不確切知道他們是誰，只是一整個晚上圍著火鍋談壓迫、人權、平反的問題，還有少數民族的土地問題。她還跟著一群人去街上遊行了一次。

「你看，」她從背包裡找出一張照片，「每個人額頭都紮著白布條，我在這裡。」

照片上有個金髮的女人，額頭上紮著白布條，手高舉著拳頭。背景中烏壓壓一片人，看不清什麼。

「我也去接觸了你們的婦女團體，去看了女書店。還去聽了一場談性高潮的討論會，可惜我聽不懂。你明年九月去北京嗎？」

「九月？為什麼明年九月要去北京？」

「你不知道？」她燃起一支菸，深深吸一口，「世界婦女大會呀！上次在非洲，我也去了，我每次都去。」

「蘇珊，」我一面切蛋糕，一面問，「你是幹什麼的？女性學者？國會議員？作家？」

蘇珊哈哈笑起來，把腳丫擱上玻璃茶几上。她什麼都不是，她說，她是一個護士，在舊金山一個醫院工作，但只是臨時工性質，因為她不願意被一個職業綁住，她要自由，身體的自由與心靈的自由。

「我一存夠了錢，就停止工作，出去旅行，錢用光了，就再回頭工作。工作嘛，就和理查一樣，我需要的時候才去找它，找他。」

理查是誰？

「是我的男朋友，我們同居。他有一個兒子，我有一個女兒，都大了。我旅行回來，就和理查住幾個月；你關心熱帶雨林的事嗎？」

「哪裡的熱帶雨林，南美？馬來西亞？什麼事情？」蘇珊跳躍的思緒，使我摸不著頭腦。

「馬來西亞砍伐雨林的事。」她有點不滿意地瞅著我，「你不關心嗎？寶貴的森林資源不斷地消失，人類前途很危險呢！我想在明年的北京婦女大會裡發起一個保護雨林的簽名運動。婦女應該走在環保運動的前端……」

那一整個夏日的午後，我傾聽赤腳的蘇珊暢談世界人權特赦組織、世界婦女大會、綠色和平、雨林救援；她關心每一件事，參與每一件事情。送她出門時，問她車子停在哪裡，她嗤之以鼻：「車？我不開車。我走路！」

再見到蘇珊，已是深秋。「我一定要女兒和你認識一下。」她說。

亭亭玉立的女兒剛自大學畢業，穿著最新流行的大頭靴。在燈光下，看得出她特別鬈曲俏嬌的睫毛，是那種用夾子夾彎的睫毛。

「畢業了，有什麼打算嗎？」話一出口，我就覺得自己俗氣。

女兒搖頭，「不知道。」

「想學德語嗎？」

「不想。」

話題好像繼續不下去的時候，女兒瞥自己母親一眼，安靜地說：「我只想結婚，買個房子，有輛汽車，生兩個小孩，學烹飪……我跟我媽不一樣。」

那做媽的，帶著縱容的微笑看著女兒，說：「你以後就會改變，你一定會改變。」

一九九四年十一月二十一日

桃色之外

「光明」的表面所禁止的，卻在陰暗的角落繁殖。

穿著雪白制服的年老侍者在車廂裡巡迴，一排一排地詢問：「還要咖啡嗎？」

這是一節餐車，火車從米蘭出發，開往蘇黎世，不斷地穿過阿爾卑斯山的山洞。

一個看起來歷經滄桑的婦人，操著義大利音濃厚的英語，和對座一對美國老夫婦聊天。話題從米蘭的時裝、紐約的珠寶、巴黎的咖啡店，轉到美國的政治。德州來的老先生剛剛說完他們在羅馬的豪華旅館有些什麼缺點，現在正在說：「哈特對他老婆不忠實。總統是要為人楷模的，他不配當總統。」他頓了一下，帶點驕傲地說：「對我們美國人而言，婚姻貞潔是極重要的。」

「你們到底是選擇總統還是選教皇？」婦人很不客氣的說：「我實在搞不懂你們美國人！哈特跟誰睡覺和他能不能處理內政、外交，究竟有什麼關係？你們要『乖孩子』來當總統，卡特不是個乖孩子？他可是個蠢得不得了的總統。」

哈特事件使我再度注意到美國人價值觀的混亂與矛盾。促使哈特下台的中心因素是性，而性，在高喊了幾十年性革命的美國，仍舊有點骯髒下流的味道，必須與「乾淨」、「正常」的日常生活嚴密地隔開。所以在一般的雜誌畫報，或電視螢幕上，絕對看不到裸像，連小孩的光屁股裸露也屬禁忌（這一點，和台灣倒是相像）。當郵局要出一套以聖母瑪莉亞為畫面的郵票時，許多美國人極力的反對，原因是瑪莉亞哺乳的乳房露了出來，有傷風化。到海邊游泳，在沙灘換泳裝是違法的，就是用大毛巾遮著身體，躲躲閃閃地換也不可以。

「光明」的表面所禁止的，卻在陰暗的角落繁殖。錄影帶與小電影裡的性極盡想像的可能，性雜誌把女人、男人的肉體都反覆利用盡了之後，擴及小孩的肉體、殘障人、變性人、侏儒的肉體……一般的海灘上連換衣服都有害善良風俗，卻冒出特殊的海灘，譬如紐約的火島，同性戀的男人就在太陽照曬的沙灘上赤裸裸地性交。

相形之下，西歐人對性的態度就比較自然，至少，他們不把人的裸體看作罪惡。一般的家庭雜誌中隨時可看見全裸的年輕母親，和光著身子的幼兒洗澡戲水的畫面。海灘上、游泳池畔，到處是裸著上身曬太陽的男男女女。洗三溫暖的人不分男女，面對面一絲不掛，也沒有人覺得傷害了什麼風俗。西歐人對美國人有多種的成見，認為美國人對性的態度上像個「偽君子」是最常聽見的批評，卻有它的道理在。

哈特當然不是為了單純的性行為而失勢的，他受到美國人的唾棄，是因為他對妻子不忠，有了「婚外」性行為。歷屆的美國總統大多有婚外「情」，暫且不提，美國人對婚姻的看法相當自我矛盾。一方面，在清教徒的道德驅使之下，他們強調禮教對個人的約束——「汝不可與人通姦」，另一方面，個人主義的薰陶又鼓勵一個人打破格局、擺脫束縛，盡一切力量追求個人的自由與幸福。一般的現代美國人都認為離婚要比痛苦的廝守好，等於在表示，個人的自由與幸福比道德規範來得重要。

然而哈特又為什麼受到千夫所指呢？誰知道他與妻子的感情如何？誰知道他與第三者的感情是否真情？或許他正邁往離婚的路上，或許他正在設法解決感情的困境。既然任何人都有與妻子失和的可能，既然任何人都有追求幸福的權利，既然離婚也可能是個美德，怎麼哈特就不屬於這個「任何人」，沒有追求個人幸福的權利？

《華盛頓郵報》記者指著哈特的鼻子逼問：

「你是否曾與人通姦？」

記者代表了美國人擺脫不掉的清教徒的心態：道德窠臼至上。和火車上的義大利婦女一樣，許多人在問：為什麼美國人把哈特的私事與他的競選公事扯在一起？

事實上，美國人對總統一向是公私不分的。一個男人被選上了總統，照理說，他的妻子可能是個白癡也可能是個天才，但人民選舉的不是她，她的政治權力和街上任何一個歐巴桑的政治權力一樣，不多一分。但是美國總統不一樣，他入了宮，家裡的雞和狗都升天成了仙。妻子馬上擔當大任，羅斯福時代的艾蓮諾像個垂簾問政的太后，南西雷根也大權在握，決定白宮官員的去留。

讓妻子問政掌權，固然是總統本人公私不分，美國老百姓其實也相當鼓勵這種作法。他們把隨著男人進宮的妻子封為「第一夫人」，無形中宣揚「以夫為貴」的觀念。許多美國小女孩的夢想，除了要作「美國小姐」之外，就是要作「第一夫人」，卻不說自己要當總統（畢竟美國還沒有女總統）。如果作「美國小姐」是以色取勝，作「第一夫人」又是以什麼取勝呢？

把一個女人封為「第一夫人」而愛之寵之驕縱之，其實是那個女人的侮辱。她原來可以是一個律師，或教授，或記者，甚至於一個全心全意的母親，她可以憑她一己的努力而被稱為一個出色的律師、教授、記者、母親。但是美國的社會漠視她本身的條件，逕自稱她為「第一夫人」，不管是第一或尾巴，「夫人」就是「夫人」，某某人的妻子。她的價值，因此完全附著於另一個人身上。既然她附著於總統身上，她當然也就含糊籠統地變成國事的一部分，成為「嫁」出來的總統。

美國人把候選人的家庭私生活扯進公事來，大概也是因為心裡明白，除了自己「選」過來的總統之外，也得考慮那個「嫁」過來的裙帶總統呢！

記者躲在暗巷中偵察別人臥房的私生活，「下流」大概是最好的辭彙。哈特出事之後，有美國議員受到震撼，出來公開宣布自己是個同性戀者。他估計「自首」之後，就不會受記者的暗算了。美國的政治人物為什麼如此屈服於媒體的操縱？自然是因為他的政治生命倚賴媒體的塑造，可以促成他也可以顛覆他。這就是功利思想了。不為功利計算，政治人物就應該有保護自己人格的勇氣。當一個記者問：「你是否與人通姦？你做愛時採取什麼姿態？」有格的政治人物可以回答：「滾你娘個蛋！Go To Hell!」

美國的記者以「人民有知的權利」為盾牌，有時候使出宵小的手段揭人隱私，固然是不道德的，新聞記者若是畏懼權勢，明知黑暗而不去揭發，又何嘗是道德呢？與美國記者背道而馳的，大概是中國的記者。在中國大陸，有哪個記者敢去追蹤、揭發一個當權派高官的「隱私」嗎？即使在已經大為開放的台灣，如果聽說有什麼中央要員、政治新星，是個關起門來把老婆吊起來毒打的男人，有沒有記者敢問他：「你是不是個虐待妻子的人？」本來男女關係只是男歡女愛，各取所需，但虐待妻子卻是違背人權、違反法律的事。新聞記者不敢去挖掘，或許比美國記者的挖掘過分更不道德。

一九八八年

國際娼妓

性，是侮辱女性最方便、最狠毒的語言武器，不需要任何想像力。

九四年，國民黨員在陽明山上選第十四屆中央委員。一個競選連任的代表一面拉票，一面四處分發自己的著作。這本名叫《中國統一》的書輾轉到了母親手中，母親將它寄到我的手中。在電話上，她氣憤不已地說：「怎麼還有這種人？」

封面上，是作者的照片。翻開第一頁，還是作者的照片，下面一行字：「中國國民黨第十三屆中央委員」。名字叫段宏俊。

令母親氣憤的是其中一篇文章，〈痛斥姚嘉文、龍應台的迂迴台獨陰謀謬論〉，發表在《掃蕩周刊》第四一七期。

我笑著安慰老人家：沒關係。段宏俊？誰也不認識。《掃蕩周刊》？沒人看的東西。而且是一九八八年的文字，早讓時間淘汰了，不必介意。

一九八八年，我訪問了當時兩德關係部部長，問了她一個問題：「在您對外的談話中，您常說『民族自決適用於所有人類』，那麼，如果有一天，台灣的中國人也希望以全民投票的方式來表決與中國大陸的關係，您也贊同嗎？」

這個名叫段宏俊的人認為我提出的問題是一個迂迴的台獨陰謀，他必須反駁。身為國民黨中央委員的人如何表達他不同的政治理念呢？他寫著，他「不屑於指責龍應台這類『國際娼妓』的無恥。」「國際娼妓」四個字還以特別括號標出來。

在文章裡頭，姚嘉文只是「無恥的亡國奴」，龍應台卻成了無恥的「國際娼妓」。有意思的是，在段氏眼中，姚與我犯了同樣的「罪」，為什麼他不以「性」去侮辱姚嘉文？他很可以罵姚為「國際嫖客」，或者「萬國烏龜」，或者「陽萎早洩」什麼的；可是不，姚嘉文只是一個亡國「奴」。倒過來問，段宏俊也可以罵龍應台為「亡國奴」，或者「文化騙子」，或者「小人」、「女流氓」等等，為什麼一定得是和「性」有關的「國際娼妓」呢？

「國際娼妓」這個詞得分兩部分來看，一部分是「娼妓」，一部分是「國際」。罵女性為娼妓，是我們固有文化的遺產。「婊子」可以拿來罵所有的女人。甚至於表面上看起來像是斥責男人的用語，侮辱的真正對象卻是女性——狗娘養的、幹你娘、娘賣皮的、媽那個屄、戴綠帽子的……。性，是侮辱女性最方便、最狠毒的語言武器，不需要任何想像力，因為，譬如說，罵她「小人」總還得想出些理由為什麼她是小人；說她是「婊子」卻是不言自明的「事實」，只需要一個條件：被罵者是女性，罵人者是男性，足夠矣！

性，總得兩個人來做，傳統上一男一女；可是為什麼它在女性形成侮辱，在男性則否？很明顯的，段宏俊若斥罵姚嘉文為「嫖客」（有娼妓就有嫖客，這不需解釋吧？），侮辱的效果就消失了。性的語言對男人不能構成侮辱，因為性等於征服，屬於男性的光榮。罵一個男人為「嫖客」，有可能被當作讚美男性雄風的辭彙。

「娼妓」猶不足表達《掃蕩》作者的憤恨，他加上「國際」二字，那當然是因為他知道我有一個異國婚姻。美國情報員 Yardley 一九三九年在重慶，有一天送一位中國女子回家，在路上，幾個打赤膊的苦力對女子吆喝了幾句，令女子臉色死白。事後，情報員通過翻譯才知道苦力說了什麼。

「難道洋人的那個比我們的大嗎？」

苦力覺得他有權利對女人說這樣的話，誰教她與一個外國男人走在一起；要知道，中國女人屬於中國男人。換一個場景，如果苦力看見的是一個中國男人和一個外國女人走在一塊，你想他會說什麼？我和你打賭，他會翹起拇指來說：「哥兒們有辦法！」苦力所表達的是最原始、最赤裸的種族主義思想與男性中心思想的徹底揉合。

段宏俊的書在一九八九年出版。用「國際娼妓」四個字，他表現了自己如何承續了一九三九年重慶苦力的意識系統。這半個世紀是怎麼過來的？

一九九四年九月二十六日

職業：無！

周末，家庭主婦能「公休」嗎？能「輪休」嗎？七月和二月，她能放寒暑假嗎？重感冒的時候，她能請一天病假賴在床上嗎？

五十五歲和三十歲的女人之間有什麼重要的差別，除了皺紋之外？

三十歲的若妮抱著新生的女兒回娘家：娘，是五十五歲的艾瑞卡。

若妮的臉龐洋溢著女性的喜悅。剛餵過奶，衣衫上還沾著一點奶汁，頭髮蓬鬆，腳上趿著拖鞋，一點兒也不像個事業心重的公司主管。我問她的計畫。

她嫣然一笑，表示胸有成竹。她要停職三年，專心帶孩子，「我們就這樣，」她說，「他得先搞清楚，作母親和家庭主婦是正式的工作，他的薪水付水費電費房子抵押銀行利息等等；剩下的可以自由花用的，就一人一半。總而言之，我不會向他伸手要錢的，而且我只幹三年。」

若妮走進廚房，艾瑞卡欣賞地看著女兒的背影，笑著說：「女兒從小就看著我向她父親要錢。她十二歲的時候就說過，將來她結婚了絕對不做那個伸手要錢看人臉色的人。金錢和財產的安排，她和丈夫結婚前就說得清清楚楚，醜話全說在前頭了。」

「若妮的婚姻完全是以我的做為前車之鑑，」艾瑞卡自我調侃地說，「你看現在她什麼樣子，我什麼樣子！」

艾瑞卡的「樣子」實在沒什麼不好，她有個很能賺錢的丈夫，住在一個花園洋房裡，開著一輛法國跑車，每年到瑞士去度假。這樣「幸福」的人，抱怨什麼呢？可是情緒低沉的時候，她就會告訴你一個五十五歲的家庭主婦的苦悶。

結婚前的起點是相似的：年輕的艾瑞卡是專業口譯，可是戀愛了，結婚了，生孩子了。社會、丈夫、親戚朋友，還有她自己，都認為照顧孩子比一個女人的事業要重要得多，她心甘情願地辭職。

現在的工作場所不再是氣勢逼人的辦公大樓，而是自己家裡。家庭主婦脫下上班族體面的西裝，尋找耐髒、結實、活動方便的衣服；什麼樣的衣服適合趴下來拖地板、在廚房裡炒飯、挽起袖子洗碗、抱桶衣服到地下室搓、讓嬰兒吐奶在肩上，還有，隨時可以衝出門到轉角去買瓶花生油？當然是寬寬垮垮的套頭上衣和顏色模糊的長褲加上一雙能讓人跑上跑下不跌跤的舊運動鞋。

這樣裝束的一個女人，推著嬰兒車，買了瓶花生油，剛好走過她從前工作的辦公大樓，和一群穿著西裝踩著高跟鞋的男男女女擦身而過，你知道這些神氣的男男女女怎麼看嬰兒車邊那個女的？啊！他們根本沒瞧她一眼，無所謂看不看。家庭主婦走到大樓門口，張望了一下，警衛對她揮揮手，意思是，「走開走開！」那種輕蔑，在她穿高跟鞋的時候，是不可想像的。

在社交場合，從前用兩眼注視著她、對她的高談闊論表示興趣的人們，現在，他們淺淺地看她一眼，客氣而敷衍地問「孩子幾歲啦」，眼光就挪開到丈夫或者工作女性的臉上，和他們談「嚴肅」的話題。如果這個場合是在家庭主婦的「家」裡，人們就不斷地對她遞來的茶道謝，不斷地讚美她燒的菜，但是絕對沒有人想知道她對美國出兵海地的看法。基本上，家庭主婦這個工作和餐廳侍者一樣；在餐廳裡，想想看，誰會問侍者對教皇和墮胎的意見呢？

接下家庭主婦這個工作之後，艾瑞卡卻驚訝萬分地發現，嚇，這個工作是沒有假期的——這也正是家庭主婦和餐廳侍者之間的差別。家庭主婦的工作項目其實包羅萬象：她是經理，要掌握全家人的動向；她是管家，隨時得知道馬桶邊的衛生紙剩下幾張；她是保母，孩子沒有她便要餓死；她是老媽子清潔工，從廚房到廁所都有她的勞力。她自早上睜開眼睛的一刻就開始「上班」了；晚上，男同志下班回來，喊「我累垮了」，忙了一天的家庭主婦可正要開始她的「夜班」——清理晚飯後的殘羹剩菜，幫小孩洗澡、餵奶……這個工作遠遠的超過八小時，遠遠的。

周末，家庭主婦能「公休」嗎？能「輪休」嗎？七月和二月，她能放寒暑假嗎？重感冒的時候，她能請一天病假賴在床上嗎？

不能，不能，不能，不能！

啊，真是辛苦的工作！那麼，這份工作的薪水是不是特別高呢？艾瑞卡的丈夫每個月存三千塊錢到艾瑞卡的戶頭裡，「夠了吧？」男人說。是夠的，但是不夠的時候，家庭主婦發現，她就得向丈夫伸手；伸手的時候，又似乎不得不向他解釋為什麼不夠啦，錢用到哪裡去啦，將來的錢該怎麼用啦。逐漸的，那作丈夫的越來越像給錢的資方，那作妻子的越來越像要錢的勞方，只是艾瑞卡越來越覺得奇怪：怎麼其他各行各業的勞方要錢要得理直氣壯，我這家庭主婦卻好像在求人施捨？

五十五歲和三十歲女人之間的不同是，後者拒絕接受一份最辛苦、最單調、日夜加班時間最長、沒有休假、沒有工資、不發獎金、沒有退休金、沒有醫療保險、做到死而後已、人人都說需要而人人都輕視的工作！更有意思的是，她的職業欄上填的是「無」！

一九九四年十月三日

斜坡

有財富的社會，如果在心靈的層次上還沒有提高到對人的關愛，還沒有擴及到對弱者的包容，它也是一個落後的社會。

巴黎的地下鐵道舉世聞名；我推著嬰兒車來到一個入口，卻呆住了。狹窄的入口只許一個瘦瘦的人擠過去，何況中間橫著三條棍子，怎麼折騰也不可能將嬰兒車推過去。巴黎沒有做母親的嗎？

好不容易來了別的過客，一前一後把嬰兒車抬了過去。坐了一段車之後，走到出口，出口竟然是由一槓一槓鋼鐵棒組成的旋轉門，這一回，即使把嬰兒車抬起來也出不去了。

我常常在想究竟「先進」是什麼意思。錢嗎？產油國家錢多得很，駱駝旁邊就是賓士車，但沒有人認為他們「先進」。人才嗎？印度有太多的受過高等專業教育的人才，但是他們的社會無法吸收。尖端科技嗎？連巴基斯坦都有造原子彈的能力。民主政治嗎？也不見得，印度是相當民主的……那麼，是錢、人才、科技、民主等等條件的總合嗎？這樣說又太模糊籠統，說了等於沒說。

一手抱著扭來扭去的孩子，一手拉拉扯扯把提袋、大衣、雨傘全部從嬰兒車卸下來，一件一件往身上掛，再手忙腳亂地把車子摺疊起來，全副裝備的擠進柵欄，還要擔心孩子的手腳不被夾在旋轉柱中。上到路面來，在飄落的雪片中再把車子撐起，又是哀求又是恐嚇的把孩子放進車裡，準備過街；我發覺鋪高的人行道與車道交接之處沒有做成斜坡，造成將近一尺高的落差。扶著嬰兒車站在這個「懸崖」之前，如果繼續往前推，很可能把孩子像畚箕倒垃圾一樣「倒」到雪地裡去——

離開高貴卻很「凶險」的巴黎，回到靜謐的蘇黎世，我想我為「先進」找到了一個必要的條件，正巧是中國人說的，「富而有禮」。這「禮」，不僅只是鞠躬握手寒暄的表面，而是一種「民胞物與」觀念的付諸於具體。

從火車站的地下層上到路面，有電梯可乘，專門供嬰兒車與殘障者的輪椅使用。所有的人行道與車道的交接之處都鋪成斜坡，接著黃色的斑馬線道，嬰兒車順利地滑過，失明的人也不需要害怕一失足成千古恨。

機場和車站的盥洗室裡有特別為殘障人士設計的廁所與洗手台，有讓母親為嬰兒換尿布的平台。（在戴高樂機場的盥洗室中，做母親的我只有兩個選擇，一是把孩子光光地放在冰涼的地上，要不就只有把他放在馬桶蓋上——我這一輩子都不會原諒巴黎人！）

在蘇黎世的住宅區，你也不可能走上兩條街還看不見一個兒童的小天地：就在房子與房子之間，一小塊青草地上，一個鞦韆、一個翹翹板、一堆沙。許多垃圾箱上塗著兒童畫：豬、狗、猴子、孔雀，守著盪鞦韆、玩沙嘶鬧的小孩。

大型的百貨店往往有個幼兒樂園，免費的，讓來採購的父母放心去採購，孩子也玩得痛快。樂園中並不是隨便擺一些無意義的電動玩具讓孩子過一過癮；它依年齡而隔間：大一點的，有電視童話節目可看，不看電視的可以看童書畫報。小一點的玩益智的組合積木，用蠟筆畫畫；還不會走路的小把戲，就在地毯上玩會叫的小狗熊。

兒童與殘障者都是弱者，沒有辦法主宰一個社會的走向；他們不得不仰靠主宰社會的人——到目前為止，多半仍是身心健全的大男人們——來為他們設想。沒有財富的社會即使有心為弱者設想，能做到的大概沒有幾件，更何況若是飢寒交迫，連設想的「有心」都不太可能。有過「易子而食」經驗的中國人說得一針見血：「衣食足而後知榮辱」。

有財富的社會，如果在心靈的層次上還沒有提高到對人的關愛，還沒有擴及到對弱者的包容，它也是一個落後的社會。它的國民所得被用在擴充軍備、製造原子彈等等毀滅人的途徑，而且往往有極堂皇的藉口；不會用在社會中「弱者」的身上：建電梯、築人行道斜坡、設兒童樂園。

當我的嬰兒車不必停在人行道「懸崖」上，而能安全順遂地滑過街心時，我感覺到自己是在一個「富而有禮」的社會中。它有錢為每一條人行道建斜坡，但是更重要的，設計道路的人在燈下製圖時，會想到他的社會中有年輕的母親推著稚嫩的幼兒、有失明的人拄著問路的手杖、有彎腰駝背的老者蹣跚而行……為了這些人，他做出一個小小的斜坡來。這個斜坡，是一分同情，一分禮讓，一分包容。

只是一個小小的斜坡罷了！但是，台灣距離真正的「富而有禮」還有多遠呢？

一九八八年

貓川幼兒園

我的姊姊，在工廠裡做工的薪資，就比做同樣工作的男人一個月少個五百塊，事實上她不但沒有男人可以依靠，兩個孩子還要依靠她……

一場細細的春雨，把隔宿的雪都溶掉了，空氣裡透著薰薰的早春氣息。在幼兒園門口，三個大人牽著六個小孩，一人牽兩個，手握得緊緊的，正從院子裡出來。

「我們去散步。」三歲的小女孩很興奮地搶著說，臉頰紅通通的。

●

這個坐落於蘇黎世北區「貓川」的幼兒園，是棟三層樓高的古典歐洲建築，四十年前就由當地的教會提供作幼兒園。四十個孩子分成三組，兩個月大到兩歲為一組，兩歲到三歲為一組，三歲到六歲為一組，分別占三個樓次。年齡較大，活動量較大的一群，當然放在底層，往院子裡衝的時候不需要下樓來，吵到別的幼兒。

「名單上雖然有四十個孩子，事實上每天只有三十個孩子同時在，因為有些孩子不是每天來的。」安琪說。她是「園長」，一個二十八歲、成熟、美麗的女性。

「我們有十二位幼教人員在照顧這三十個孩子，平均起來一人帶二・五個孩子。而事實上的分配是，嬰兒組（〇～二歲）比較需要照顧，所以有三個大人陪著四個小孩，而兒童組（三～六歲）就有三個人帶十五個孩子。」

這些幼教人員全是年輕的女性。在瑞士的學制裡，初中畢業之後，必須先實習兩年才能進幼教學校。兩年的實習中，她必須在婦產科裡照顧初生嬰兒，或者在有幼兒的家庭裡打工，或者在幼兒園裡實地工作學習。有了兩年的實際經驗之後，而且年滿十八歲，她才可以開始就讀幼教學校，而所謂「就讀」，也不是中國人觀念中的成天地上課聽講作筆記考試等等，而是一星期四天的「實習」——在與學校建教合作的幼兒園裡工作；一天上課，研讀幼兒心理及護理等等。兩年之後畢業，就成為正式的幼教人員。

瑞士最受尊崇的教育家畢斯塔婁契的口號是：「頭腦、心靈、手」；他的理論奠定了今日瑞士的教育方向。從他們幼教人員的訓練中看得出來，瑞士人對動「手」——實際經驗——的重視絕對不亞於他們對理論知識的吸收。事實上，讀十本有關幼兒的書是不是比得上與一個幼兒實地的朝夕相處呢？

「這些幼教人員都有基本的醫學常識，會量體溫、看臉色等等。」安琪一面說，一面接過一個孩子，開始為他換尿布。孩子「哇」一聲哭了，她遞過去一個鈴鐺讓孩子抓著玩。

每個星期一，特約醫師會到園裡來，樓上樓下走一遭，看看有沒有孩子發燒、咳嗽。平時醫師與急診醫院的號碼就列在電話旁邊，以便隨時連絡。每一層都有一個小小的醫療箱，裝著碘酒、紅藥水、紗布。

「孩子真生病的時候，」安琪說：「我們就請父母留他在家，要不然，他會傳染給其他的孩子。」

角落裡突然傳來一陣笑聲。一歲半金髮的姬若雙手環擁著一歲的華安，很親熱地接吻起來，兩個孩子顯然第一次發現這種好玩遊戲，旁邊的大人又樂得不可開支，姬若吻得很起勁。

「你們的經濟情況怎麼樣？」

「每年都不夠！」安琪搖搖頭。

蘇黎世政府每年補助十七萬法郎克（約三百萬元台幣），孩子的父母也要繳錢；在這裡，瑞士的社會主義精神表露無遺。蘇黎世政府給幼兒園一個收費標準，薪水收入越低的家庭，繳費越低。月入不足兩千法郎克（約台幣三萬餘元，在瑞士算是很艱苦了。）的家庭，送孩子到幼兒園的費用是一個月一百二十法郎克，而月入超過四千者，每月收費六百四十法郎克，是前者的五倍。貧富間的距離就由這些小措施來拉近。

「有這兩筆收入，我們還是入不敷出。」

「那怎麼辦呢？」

「節省呀！譬如說，我們這兒有一個廚師，給孩子們做飯吃，有一個洗衣婦來洗衣服、消毒尿布；但是沒有清潔工。全樓上下都是幼教人員和我每天自己擦洗、整理。假日裡，我們也烤些蘋果餅，做些手工藝，在市集日賣出，賺點錢補貼。」

「你們對自己的薪水滿意嗎？」

「以前很低，所以大家工作士氣也低。」安琪手裡在編籃子，華安抱著一隻花花綠綠毛茸茸的大鳥隨著音樂在笨拙地旋轉。我看得分了心，沒聽見安琪說什麼。

「我說，」她重複著：「我們現在對薪水很滿意了，我是年資最深的，每月有三千五百法郎克，初進來的幼教人員起薪是兩千四。」

「這個工資相對於你的付出，你覺得公平嗎？」我問她。我知道一個女祕書的月薪大約也是三千五百左右。

她點點頭，說：「我們每年還有四到五個星期的休假，不錯了。」

「男人可不可以當幼教人員？」

「可以是可以，幼教學校有少數男生，但是，」她思索了一下，「他們都不會變成幼教人員。」

「為什麼？」

「對男人而言，一個月兩、三千塊根本不能養家，所以他們必須再進修，成為管理級人才，賺高一點的薪水。」

「那麼，安琪，你能不能告訴我，在瑞士，有哪一種『男人』的工作是起薪兩千四的？」

安琪側著頭想了半天，一旁陪孩子畫畫的安妮也幫著想，半晌，兩個人都搖搖頭：

「沒有這麼低薪的男人工作——只有不懂德語的外國人可能拿這種薪水。」

瑞士，比西德更甚，是「外國人」嚮往的家園。瑞士人本身不太願意作粗工，對於來自義大利、南斯拉夫、西班牙、土耳其的人卻是賺錢養家的美好機會，六百萬瑞士居民中有一百多萬是外國人，比例相當高。

但是幼教人員薪資低還反映了瑞士重男輕女的傳統價值觀。到目前為止，男女同工不同酬仍舊是普遍的現象，尤其在工廠中。一方面，雇主認為男人氣力大，作粗工總是應該多得一點報酬；另一方面，男人仍是一家之主，必須負擔家計，撫養一家大小，所以薪資應該比女人高。

「換句話說，」我問安琪：「當雇主付給你兩千四的月薪時，他就已經算好這是一筆付給『女人』的、不足以養家的錢，算定你既然是個女人，就必然有個男人可以依靠，這個男人會賺足夠的錢來養你，是不是這樣的呢？」

「對，可以這麼說。」

「那麼，這個制度豈不是在先天上就認定了女人是男人的依賴者？」

「沒錯，不公平也在這裡，」安妮抱著姬若過來說話：「譬如我的姊姊，離婚了，自己撫養兩個小孩。在工廠裡做工的薪資，就比做同樣工作的男人一個月少個五百塊，事實上她不但沒有男人可以依靠，兩個孩子還要依靠她……」

•

安妮把孩子放下時，我注意到她圓滿的肚子。

「生產之後，還繼續工作嗎？」我問她。

「不了！母親是孩子最好的照顧，我出來工作，孩子就失去了最完美的成長環境，我就對不起他。」

「所以你不願自己的孩子上幼兒園？」

安妮搖搖頭，安琪也說：「再好的幼兒園也趕不上自己母親的腳邊。在這裡，我非常希望為孩子們製造『家』的氣氛，譬如說，建立一對一的關係，摟著一個孩子在角落裡好好陪他看一本書、講一個故事、教他唱一支歌。可是做不到，因為別的孩子會跑過來拉你、搶你——越是身為幼教人員，越是深刻的體會，母親是不可取代的。」

貓川幼兒園的工作人員全是二十歲出頭的年輕女性。她們對自己的未來非常的清楚：工作三、五年之後，與一個心愛的人結婚，生一個心愛的孩子，然後辭去工作，一心一意扶持丈夫、照顧孩子。蘇黎世街頭到處都是年輕的母親推著嬰兒車曬太陽的鏡頭。

「孩子稍大一點之後，如果想再回頭工作，還會有機會嗎？」

「機會不大。」安琪已經編完一個籃子，被華安用肥肥的小手撈了過去。

從此成為「家庭主婦」，她們似乎不覺得有什麼可惜。「一個家庭，需要一個專職的母親。」就這麼簡單！流行時尚所講究的，是個人才智的登峰造極，是以個人理想為終點的追求。貓川這幾位幼教人員卻似乎一點都不受流行時尚影響——家庭，仍舊是女人的義務，也是她特有的權利。

•

「政府機構管不管你們？」

「管？」安琪似乎不太能理解這個詞的意思。

「我是說，監管幼兒園的品質。在美國，有些私立的養老院，老人在裡頭餓死了好久都沒有人知道。在瑞士，這樣的事情可不可能發生？幼兒園的品質由什麼來控制？」

「蘇黎世市政府大概每三、四年來看一次帳目，並不管品質。基本上，沒有什麼監管的機構。可是你說的美國的例子在這裡不太可能發生。首先幼兒園就不是一個營利的地方，其次，孩子們若受到虐待，父母們馬上會有反應。再其次，不是對孩子們特別有愛心的人，根本就不會成為幼教人員。這是個良心、愛心的工作——好像不需要什麼外在的監管嘛！我們明明知道，孩子數目越少，他所得到的照顧越周全，我們就不多收人，品質自然就維持了。」

一個大人帶兩個半孩子，貓川幼兒園就一直維持著這個比例，而維持這個比例還不是件容易的事情，因為要求把孩子送來的父母多得不得了。大概十個孩子中，貓川只能收一個。那麼這選中的一個是憑什麼標準呢？

「第一優先給單身的媽媽——沒結婚的，守了寡，或者離了婚的。這樣的女性受迫於環境，不得不出去工作賺錢，我們就為她照顧孩子。

「第二優先是給外國人——不懂德語的外國人，或者異國通婚、母親不講德語的家庭，我們就收，希望給孩子一個學習德語的環境，免得他將來進幼稚園或小學，不懂德語，會受別的孩子的排擠，成為受欺負的第二代。

「至於純瑞士家庭、有父有母的，我們就少收了。在那樣的家庭裡，通常母親『應該』撫養孩子，如果母親堅持要外出工作，他們就只好另外請專人帶孩子了。」

下午六點，姬若的母親鐵青著臉一陣風似地捲了進來。上了一天班，又趕著來接孩子，她顯得勞累而緊張。

「我根本沒結婚，」她一面幫姬若穿大衣、繫鞋帶，一面說，「安東尼沒等姬若出生就走了，現在他所負的責任就是每月五十法郎克，剛好夠我買一張火車月票。還好有貓川幼兒園，要不然，姬若和我只好靠救濟金生活了。」

姬若快樂地摟著媽媽的脖子，搖著小手跟每個人說再見。

「孩子雖小，敏感得很，」安琪等她們走了才說，「你別看姬若還不到兩歲，她卻很知道她來這裡的原因和華安不一樣。華安輕鬆的來，華安媽媽和他玩幾分鐘之後才離開，他來這裡是為了有其他小朋友跟他一塊玩，可以學講德語，下午媽媽來接他回去，天氣好的時候，早早就接走，到外面去玩。姬若知道她是非來不可，因為媽媽要出去賺錢養她，她不來這裡，媽媽就不能賺錢，事態嚴重。所以小姬若就不那麼輕鬆愉快……」

•

一個五歲大的男孩，長了一臉雀斑，探進頭來問：

「丹尼有沒有來這裡？」

這該是幼稚園大班的孩子了。我想起台灣的幼稚園競爭著教孩子英語、算術等等「才藝」的事情。問安琪他們的幼稚園「教」些什麼？

「我們的孩子沒那麼『早熟』。一個三歲多的孩子，我們大概教他怎麼樣自己穿衣服。四、五歲的教他怎樣繫鞋帶。基本上，幼兒園是因材施教的。如果安德烈的手指運作特別笨拙，我們就跟他玩玩具做的穿針引線的遊戲，讓他練習手指操作。漢斯如果特別躁氣，蹦來蹦去一分鐘都坐不住，幼教人員大概就陪他坐下來描一張畫，讓他定定心。

「有一個中國女孩，聽說是上海來的，不會一句德語。我們一面跟她多說話，一方面她玩幾種瑞士小孩最喜歡玩的遊戲；她只要會了這幾種遊戲，就可以馬上和其他小孩玩在一塊兒，不至於因語言而覺得孤立。她才來一個多月，現在已經和別的孩子玩得很好了。

「每一個孩子都有不同的個性、不同的特點；幼兒人員看準了他的特點而去親近他、啟發他。幼稚園是一個『玩』的地方，不是『教』的地方，就是啟發，也要從『玩』中得來。」

•

貓川幼兒園在瑞士德語區是個相當典型的幼稚園，它有設備、有專業人員、有品質，最重要的，整個幼兒園的運作有工作人員的愛心與責任感為基礎。當然，幼兒園也反映出一些問題：幼教人員的待遇偏低（雖然她們沒有怨尤），以及婦女在就業與家庭之間的抉擇等等。

反觀台灣的幼兒教育，單看一項報導——百分之九十的台北市幼兒園都不合格——就令人憂心不已。瑞士的孩子們得到的是什麼樣的照顧？台灣的孩子們呢？瑞士大部分的婦女仍舊留在家中做母親——餵母奶、帶孩子到草原上翻滾、教孩子唱歌。少數的孩子上幼兒園，也有受過專門訓練的保母看護。台灣的婦女，尤其年輕的一代，大多放棄了母親的專職——不餵母奶，孩子交給保母。而所謂保母，多半只是一個有時間的婦人，絲毫沒有對幼兒教養的專業知識，愛心更不可知。

台灣的年輕、受高等教育的婦女為了工作而忽略母職當然是一個殘酷而迫不得已的抉擇。如果社會能夠建立起母假制度，讓職業婦女休假一年去照顧幼兒，或者容許她在孩子四、五歲之後重新進入工作的市場，她就不需要把孩子交給不稱職的保母，苦苦地抓住不敢放手的工作。

如果台灣的社會做不到「給我們的孩子他自己的母親」，那麼它至少也應該「給我們的孩子一個好的保母」，一個好的幼兒園：有安全的設備、家的氣氛、專業的保母，啟發性的、快樂、活潑的環境。在我們高談什麼同步輻射器、中文電腦、光復大陸、世界大同之前，是不是應該先照顧好我們家中那個有胖胖的小手的孩子？

一九八八年

啤酒機車女人

「強姦，」我看著一對九歲的純潔的眼睛，「就是用暴力強迫一個人有性關係，你知道性是兩個人相愛的時候做的事情，性跟愛是一起的，我們談過，對不對？」

吃晚飯前的一個小時，你要找我大概得到浴室裡來。我放了一盆水，讓兩個孩子一起洗澡。一方面節省水資源，一方面兩兄弟有得玩，他們將來會記得這共浴的時光。我呢，幫他們洗好頭之後，坐在馬桶蓋上，看報紙。

浴缸裡的遊戲花樣很多；他們比賽潛水閉氣，或者把所有的瓶瓶罐罐裝了水倒過來倒過去，然後玩起賣飲料的家家酒。最後，將水放光了，他們各在自己腳板和屁股上抹點嬰兒油，從浴缸邊緣往盆底滑，溜來溜去像兩條魚。

拿毛巾將兩條魚擦乾的時候，剛滿九歲的安安說：「媽媽，我要跟你說一個笑話，可是我只能用德語說，因為有些詞我不知道中文怎麼說。」

「可以，不會的我再教你。」

「好，」安安邊穿衣服邊講笑話，「老師問小漢斯長大要做什麼，漢斯說，長大了要做大人物；什麼是大人物，老師問，小漢斯說，就是喝啤酒，飆摩托車，vergewaltigen 女人。」

安安拿出吹風機，開始吹頭髮，「他回家以後，媽媽問他要做什麼，他就又講了一遍，他媽就給他關禁閉，說，閉門思過再說。他出來以後，他媽再問他長大要幹嘛，小漢斯說，要做小人物，他媽問說，什麼叫小人物？漢斯說，就是喝可口可樂，騎腳踏車，vergewaltigen 洋娃娃。」

安安收好吹風機的電線，微笑著回過頭來，「好不好笑？」

五歲的飛飛坐在地上，他只有坐在地上才會穿褲子，而且還穿反，「媽媽，好不好笑？」

我有點傻了眼，「你先告訴我，」我坐下來，以便和兒子平視，「這個笑話哪裡來的？」

安安覺得氣氛不對了，謹慎地說：「從凱文那裡聽來的。」

我鬆一口氣，至少不是他的讀物裡的東西。凱文有個單親媽媽，身邊的伴侶常換，他經常上課遲到，而且空著肚子，是個瘦弱的九歲的孩子，不知在什麼樣的環境裡成長。

「你說的 vergewaltigen，安安，中文叫強姦，你知道什麼叫強姦嗎？」

他搖頭。

飛飛終於穿上了褲子，說：「強姦。」

「強姦，」我看著一對九歲的純潔的眼睛，「就是用暴力強迫一個人有性關係，你知道性是兩個人相愛的時候做的事情，性跟愛是一起的，我們談過，對不對？」

他點頭。

「所以強迫別人做這樣的事情是最低級、最下流……」

「什麼叫低級？什麼叫下流？」

「就是跟殺人一樣壞到極點的事情，很多女人因為被強姦所以自殺了，強姦是一件最低級、最下流、最壞的事情你懂嗎？」

他大大地睜著眼睛，「現在懂了。」

「你還覺得好笑嗎？」

他搖頭，「不好笑。」

飛飛揚著臉看著哥哥，認真地搖頭，「不好笑，安安。」

「你能答應我，安安，」我把他拖過來放在膝上，「不再跟別人說這個笑話，而且把它給忘了？」

「我已經忘了。」他說。

他不會忘的，我想，而且他會繼續不斷地聽到別人說這種媽媽認為不好笑的笑話。

一九九五年一月二日

蚊子牠媽

「媽媽，狗狗和牠的人來找你。趕快下來。」

病了兩天。怕傳染，睡在書房裡。

飛飛知道「傳染」、「細菌」是可怕的東西，可是四歲半的人，不能忍受太久和媽媽不在同一個房間，於是他抱進來一抽屜的樂高，在離躺著的媽媽一公尺遠的地毯上組合飛機。

「蒼蠅！」他大叫，放下手裡的工程。

一隻肥大油黑的蒼蠅，在玻璃門上歪歪倒倒地飛著，飛出討厭的電磁波的聲音。

飛飛目不轉睛地瞪著蒼蠅，想用書去打，我說不行，書會搞髒；他想用樂高去丟，我說不行，會刮到玻璃，你把門打開讓牠出去就好了。「為什麼不把牠打死，媽媽，你說牠腳上都是細菌，真的，你說過的！」

我太累了。頭痛、發燒、喉嚨痛、流鼻涕、打噴嚏。飛飛，不要煩我，我沒力氣說話……

昏昏沉沉，好像安靜了一陣子。

聽見浴室裡有水聲，然後飛飛進來。

「你幹嘛，飛飛？」

「洗手啊！」他坐下來，拾起未完成的工程。

「幹嘛洗手？」

他頭也不抬，「我把蒼蠅打死了。」

看看玻璃，沒有血跡和屍體。

「我把玻璃用衛生紙擦過了，然後把蒼蠅埋了。」

「把蒼蠅埋了？」看著他。

「對，埋在花園裡，就像上次你埋死金魚一樣。」

是，我是埋過一隻池塘裡翻上來的金魚，可是我作夢也不會想到要去埋一隻蒼蠅。

前幾天鄰居的伊娃來看我，牽著她的臘腸狗。飛飛開的門，他看見客人，對著樓上的我大聲嚷：

「媽媽，狗狗和牠的人來找你。趕快下來。」

我下來，和伊娃握手，兩個成人不約而同地低頭問：「飛飛，你說什麼？狗狗和牠的人？」

他睜著圓圓的大眼，點頭。

於是我們就明白了：麥河街八號，住的是狗狗和牠的人；每天下午，狗狗帶著牠的人出來溜達；狗狗是我們的鄰居，牠請我們順便認識了屬於狗狗的人……

有一天晚上，安安鬧著不肯睡，說是房間裡有兩隻很大的蚊子。只好開燈尋找。果真在壁上貼著一隻長手長腳的黑色蚊子。用衛生紙將牠捏死，包起來，沖下馬桶。回到房裡，孩子還是不肯睡，我火了，「為什麼？」

「因為牠媽媽還在！」安安急急地說。

「什麼媽？誰的媽？」

「那隻蚊子的媽媽還在這房間裡，剛剛我看到的是兩隻。」

又開燈，我好奇地問：「你怎麼知道另外那隻是牠媽呢？」

「因為那隻更大，腿更長，牠們在一起玩。」

那天晚上，始終沒能找到蚊子牠媽。安安呢，就睡在他媽的房裡了。

一九九四年六月二十七日

好斯服勞這個女人

一旦接受了「伸手要」的角色，不管男人女人，都得看人臉色了吧！

天才亮，晃著籃子往市集買菜，經過她家，看見她正用力抖著條大被子，然後把被子搭在窗口，動作熟練俐落。被子從窗口垂掛下來，就像一張大嘴吐出的舌頭。太陽還沒高過樹梢，一家一家的窗口都吐出了舌頭。土人以為睡過一夜的被褥若不經過早晨新鮮空氣透過，人會得病。這種迷信當然沒什麼不好，只是增加了女人的工作罷了。四年來，村子裡頭哪家有哪個花樣的被子可都讓我看熟了。泉水街角上那家肉舖有床粉紅似桃花的被套，鐵匠家的被子上畫著兩隻有鬥雞眼的大白鵝。

買完菜回來，被子已經收了，她正仰著頭擦玻璃窗，頭上紮著條花巾，擋灰塵用的。她極專心地擦著，連我的招呼都沒聽見。

下午到郵局去，看見她蹲在她家短牆邊，使勁地做著什麼。

「好斯服勞！」我大叫一聲。

她回過頭來，綻開笑臉，「啊，古登踏格！」

「古登踏格」就是土語的「日安」。

她想站起來，但是因為蹲久了，膝蓋一時直不起來，我趕忙按著她肩膀要她別動。

「您在幹嘛呀？」

「刷牆！」她揚揚手中的工具。那是一支比牙刷要稍微粗一點的毛刷。

「好久沒清了，您看，苔都長出來了。」

我明白了，她不是在粉刷牆，她是在清理牆上磚塊與磚塊之間的隙縫；磚塊是紅的，四邊是道白線，她就沿著那一圈又一圈的白線刷刷刷，不錯，她是在為這堵短牆刷牙哩！

這是一堵院子外頭的磚牆，風要吹、雨要打，樹上的蟲子要掉下，路邊的狗兒要傍著撒尿——她為什麼要用牙刷來清牆呢？一百年前的中國人，看到歐美人家裡的乾淨，曾經驚駭地說：天哪，乾淨到可以在廁所的地板上擀麵！

好斯服勞這堵牆，也可以擀麵了。

「這麼長的牆，」我說，「你要刷到幾時呀？」

她笑笑，冷不防打了個大噴嚏，我慌忙說。

「革孫害的！」

「謝謝！」

土人以為打了噴嚏若沒人在一旁說句解咒的話，人會被病魔勾走。「革孫害的」就是專門為打噴嚏說的解咒語。

摸摸鼻子，好斯服勞說：

「沒關係呀，今天清兩尺，明天再清兩尺，後天再清兩尺，大後天再清兩尺……」

從郵局回來，她的門上了鎖，我知道，接小孩去了。

短牆下有團新鮮的狗屎，彷彿還冒著熱氣。

好斯服勞（土名 Hausfrau）是一個典型的克蠻尼亞族的婦女，臉上沒有刺青，可是頭髮染成紅色，（有時候是黃色，總之是偏向暖色，土人不作興染綠色或藍色的頭髮。年輕一代的土人，受到外面的壞影響，有時候會把頭上一小撮頭髮染成紫綠藍等色彩，招搖過市。）健康壯碩的身子使三十五歲的她看起來像株風吹不倒的樹。

好斯服勞有兩個孩子、一個丈夫、一條狗。她的日子實在平凡極了。早上不到七點就摸到廚房裡去，為孩子丈夫一條狗做早點。（土人愛吃的早點是把七七八八的雜糧乾穀混在一起，叫做「木石里」Msli，聽說對健康有益，但在我看起來簡直就像餵馬餵騾的乾糧。）幫著孩子穿衣、刷牙、洗臉、上大號小號擦屁股之後，接著為丈夫擦鞋；村路灰重，每天得擦鞋，丈夫的鞋。丈夫每天穿著光亮光亮的鞋踢踢踏踏出門。

做媽媽的接著送孩子上幼稚園、上小學。村子裡建設不錯，幼稚園、學校、運動場……都不缺乏。送孩子回來之後，好斯服勞開始做她每天必做的事：被子吐出窗口、擦玻璃、拖地板、倒垃圾、洗衣服、晾衣服、收衣服、燙衣服——不要以為燙衣服是件芝麻小事，你沒看過克蠻尼亞人燙衣服嗎？

好斯服勞要燙的，不只是大人小孩出門穿的外衣，她還燙內衣、襯裙、內褲；不只燙榻榻米般大的毛巾，還燙巴掌大的小手帕；不只燙床單、被套、枕頭套，還燙桌巾和廚房裡的抹布……一路燙下來，天都黑了。

可是天黑之前好斯服勞還得買菜、做中飯、做晚飯、洗廚房、清浴室、刷馬桶，其間還得來來去去接孩子、送孩子。接送之外，孩子時不時上張紙條：幼稚園請媽媽下午到園裡去和孩子捏黏土；小學請媽媽星期五烤個蛋糕送去，為園遊會助興；學校將媽媽算做孩子的一部分，美術勞作黏土蛋糕小貓叫小狗叫，往往要媽媽和孩子一塊兒做。好斯服勞一天的生活就像一卷快速往前的錄影帶，腳步快得令人眼花。

好斯服勞快樂嗎？我想她沒有時間去想這種無聊的問題，她頭包著花巾，手拿著抹布，正在擦玻璃，專心一致的兩眼盯著玻璃擦呀擦的，好像這是世界上最重要、最嚴肅的事情，就如同她在燙被單時，要把每一絲綯紋都熨平一樣的全神貫注。一個無時無刻不在動腳動手的人是沒有時間去動腦的，快不快樂是有閒暇的人才可能思索的問題。

有一天，好斯服勞站在牆邊，竟然是一副魂不守舍的樣子，雖然手裡仍舊拎著一塊抹布。

「怎麼啦？」

「哦，」她皺著眉頭，往路上張望，一個女人推著輛嬰兒車嘰嘰呱呱走過，「我丟了錢包——」

「裡頭錢多嗎？」

「不多是不多，」她邊想邊說，「可是蠻知道了要罵我的……」

「不告訴他不就行了嗎？」

她搖搖頭，「他精得很，每個月的用度都算得剛好，瞞不了他。」望著她愁苦的臉，我試探著說：「那我先借您一些？」

「哦不不不，多謝，我想——」她咬著下唇，「我還是趕回雜貨店看看，或許落在那裡了。」

她說了聲「去死」，匆匆進了家門。（「去死」Tschss 是土語的再見。）

她這麼懼怕蠻嗎？蠻（Mann）是她丈夫的名字，這是克蠻尼亞人最普遍、最受歡迎的男性名字，它意味著勇敢、積極、有主見、有魄力，同時也是一家之主的意思。蠻，顯然也像大多數族人一樣，掌有經濟權，只是按月給好斯服勞固定的家用費，不夠了她就得伸手向男人要。

一旦接受了「伸手要」的角色，不管男人女人，都得看人臉色了吧！好斯服勞對蠻是低聲下氣的。「鞋擦好了沒有？快點行不行？」早上的蠻明顯的暴躁不安，女人卻很體諒：他一出門就是一個人吃人的世界，壓力很大，暴躁怪不得他。天黑了回來，在堆著食物的桌旁坐下，「啤酒不夠冰，怎麼搞的？」黑著一張臉。女人喏喏地解釋，市場人多，回來遲了，冰的時間不夠。「哼！」蠻從鼻子裡出聲，「在外邊那個人吃人的世界裡，你以為解釋一下人家就原諒你了嗎？」蠻翹起頭上戴的牛角，繼續咆哮，「你以為，我做什麼事遲了一點，別人就不吃我了嗎？你錯了！」

蠻漲紅著臉站起來，肌肉賁張的手臂在空中揮動，「外邊全是青面獠牙，隨時要吞掉你。唉！你們婦人——」

他跌坐椅中，牛角帽子叭一聲掉在地上，

「你們婦人在家中享福，哪知道男人辛苦——」

好斯服勞彎腰拾起牛角帽，小心翼翼地為男人戴上——戴上牛角帽使得男人顯得特別威武自信。她給男人斟酒，丟了錢包的事以後再說。

客人來了，好斯服勞在客廳和廚房之間馬不停蹄地奔走。酒醉飯飽，男人和男人一堆，談東邊部落的人如何如何落後愚蠢；女人和女人一堆，談蘑菇雞裡頭若少了蘑菇或少了雞之後是不是還能叫蘑菇雞。客人散去，夜已深，蠻喝得兩眼發直，眼珠像玻璃做的，倒頭便睡，好斯服勞精神抖擻地快步進入廚房，乒乒乓乓開始收拾碗盤。

第二天早上七點不到，她又出現在一塵不染、地上可以孵麵的廚房，為孩子丈夫和一條狗做早點。幫著孩子穿衣、刷牙、洗臉、大便小便擦屁股，接著為丈夫擦鞋；村路灰重，每天得擦鞋，丈夫的鞋。丈夫每天穿著光亮光亮的鞋踢踢踏踏出門，去應付那人吃人的叢林世界，為了他的女人和孩子和一條狗的幸福。

你可以想像我大吃一驚的蠢樣子，當我聽說好斯服勞曾經留學英國。肉舖老闆娘告訴我的。她很肥胖，用力擦窗的時候全身的肉都在顫動。「她呀，」她說，一邊使勁擦著玻璃上某個我看不見的汙點，「在英國讀過書哩！學什麼不知道，結婚以前還當過什麼聯合國的翻譯，好像有了小孩以後就留在家裡了。」

「當然嘛！」老闆娘把頭上的花布扯下來重新紮好，揮揮手中的抹布，「有了小孩怎麼還能工作！」她倒退兩步，仰頭仔細檢視擦過的玻璃。

「海的瑪琍！」肉店老闆在裡頭大聲叫著。

「呀——」海的瑪琍應著，「來了來了。」

望著她肥胖的身軀消失在門後，不知怎麼就想起了這兒到處可見的徵婚啟事。蠻族人當然也有自己的報紙，報紙上最好看的，就是徵婚廣告，你看：

「我，阿蘭娜，廿三歲，金髮碧眼，腿修長得看不見終點，既性感又感性，渴望尋找一個溫柔體貼的蠻，慰藉我的寂寞。他若能欣賞我的肉感的腿，又能了解我脆弱的心，我就忠實地跟他過一輩子。來信密碼一三五七九號。」

照片上是一個紅頭髮的美女。

這紅頭髮的美女，我知道，找到一個「蠻」並且嫁給他之後，馬上就會變成我的朋友好斯服勞，集天下婦女美德於一身。只聽過先進國家的男人，譬如德國男人，郵購泰國或菲律賓新娘，因為他們認為亞洲女人比較溫順，保留了傳統婦德，適合做妻子；我倒覺得，真正任勞任怨、相夫教子的女人卻在咱們克蠻尼亞的小村子裡。嫌中國女人太解放的中國男人，不妨來此一遊，看看蠻族的徵婚啟事；這裡是好斯服勞的美麗世界。

一九九三年三月二十三日

看看孩子還那麼小

——兩代母親的心情

「我不凶悍，你又怎麼有今天呢？女兒！」

「你覺得我們母女有相似的地方嗎？」

「有。」

「什麼。」

「我們都一樣敢做敢當。」

龍應台（四十二歲）訪問應美君（七十歲）

龍：媽媽，我要訪問你。

應：自己母親，有什麼好訪問的？

龍：先談談你的家庭。

應：我家是淳安的大戶，在鎮上有綢緞莊百貨店、有房產、有田地。母親生了十三個孩子，大多夭折，只有兩個哥哥和我活下來。小時候，我很受家裡大人疼惜的。

龍：家裡送你上學嗎？

應：我小時候，都是祖母作伴，祖母死了，我就孤單了。父親提前把我送進學校，和二哥同校。我讀兩年，二哥就開始偷懶，叫我代他作功課，他自己跑出去玩。後來他留級啦，我升級，變成同級同班了。這下我慘了，震動了三姑六婆。她們嘰嘰喳喳說，家有公雞不啼，母雞啼，是不祥之兆，而且女兒讀書沒有用，將來是給人的，兒子才是自己的。我父母就把我休學。每天我看著哥哥們背著書包，走出前門，獨我不能，心裡真痛呀。

龍：我初中畢業的時候，爸爸希望我去讀師範，說是不要學費，而且女孩子不需要讀高中大學，做小學老師最適合。你記得嗎？

應：當然記得嘍！那個時候你說你想讀高中，我就堅持讓你讀高中，因為我自己求學求得好苦呀！休學以後我就生重病，重病昏迷的時候，哭喊著要求去上學，家裡大人嚇著了，後來又同意我繼續。可是因為已經誤了一年，我回去要補上一年課，我不太甘願，結果是我自己在家，用哥哥的課本，拚命地讀；年紀還那麼小呢，一心一意只覺得要為讀書拚命。後來用同等學力去報考高小，一考就上了，直接讀高小，然後進淳安師範，拿到老師資格。

龍：來台灣之後為什麼沒有教書？

應：那你們四個蘿蔔頭怎麼辦？那個時候，風雨飄搖呀，頭上有個屋頂就不錯了。

龍：在我的印象裡，你一直在為生活掙扎；你和人合資經營過醬油廠、理髮廳——結果總是被人倒了，從來沒聽說你賺了什麼錢；你在茄萣和漁婦一起坐在地上編織魚網，一毛錢一毛錢的賺；你在戲院賣過電影票；你到處起會存錢。我上大學那年，還記得你到隔壁中藥店去借錢給我繳學費。茄萣有一位林醫師，好像也幫助過你？我的問題是：這麼多年這麼艱難困苦的生活，是一種什麼力量支持著一個女人？

應：你現在自己有了小孩，應該知道了吧?!最困難的時候，覺得筋疲力盡怎麼也熬不過去的時候，看看孩子還那麼小，只好咬緊牙關硬撐過去，硬撐過去，無論怎麼樣，要把這四個小孩栽培出來。

像茄芷林醫師，他就是看我那樣辛苦，借錢從來沒催我還過。我一輩子都感激他。

龍：爸爸是個樂天派，有一點錢，不是在牌桌上輸了，就是慷慨送給比他更窮的人。你不怨嘆自己嫁了這樣一個男人？

應：男人嘛，比較不會為孩子想。不過，你爸爸也有他的優點。

龍：你們吵架時，我明知道你是對的他是錯的，可是我總還是站在他那一邊，因為覺得你這個女人太強悍太凶了，你知道嗎？

應：我不凶悍，你又怎麼有今天呢？女兒！

龍：你覺得我們母女有相似的地方嗎？

應：有。

龍：什麼。

應：我們都一樣敢做敢當。

龍：講個例子來聽聽。

應：中日戰爭時，淳安縣城裡住了好幾千的傷兵，城裡城外的祠廟都給他們占滿了。他們打人砸店強買，無所不為，蠻橫極了。有一天我到鄉下收租回來，發現母親的頭被強上店門的傷兵給打破了，鮮血直流，好可憐啊！我才十七歲吧！一個人單槍匹馬跑到憲兵隊去找他們隊長理論，事情鬧得很大，但是我什麼都不怕，堅持講公理。後來還是憲兵帶著那個打人的傷兵來家裡道歉才算了事。

龍：你女兒在寫《野火集》的時候，你怕不怕呢？

應：怕。一方面我知道你說的是真話，一方面，我怕你失蹤。我和你爸爸有認識的人，三更半夜被裝在麻袋裡丟海了。

龍：嗯，那你怎麼看國民黨？

應：有很多不滿——可是民進黨好到哪裡去？

龍：所以你並不同意「換個執政黨試試看」的說法？

應：不同意。政治都是講利害的。共產黨開始時不也用新號召？他上台了你看他殺了多少人？國民黨又壞到哪裡去？你看著吧——民進黨上了台，一樣的貪汙，換個黨不會更好。

龍：希望統一嗎？

應：當然希望。可是現在根本沒有條件。統一要先有真正的民主；我可不要白色惡霸。

龍：辛勞一生，終於把孩子帶大了。你的四個孩子中有三個博士；你覺得怎麼樣？

應：很安慰，他們四個的成就遠超過我的預期。

龍：只是安慰？你不也常抱怨從孩子那裡得到的回報不夠多嗎？跟我說真話吧！

應：我抱怨的是時代。我們這一代做孩子的時候，最尊貴的是做長輩的。菜端上桌，第一筷子的肉一定夾給爺爺奶奶。我們一天到晚想著要怎麼孝順父母，求父母歡喜。等到我們自己做長輩了，咦？時代潮流變了方向，菜端上桌第一筷子肉要夾給小孫子小孫女。現在講究的是什麼親子教育，也就是小孩最大，我們老的要倒過來討小的歡喜。

你說我們這一代人倒楣不倒楣呢？我們是兩頭落空的一代。

但這是潮流，誰也不能怪。

龍：其實並沒有落空，媽媽，你想想，疼愛你的淳安的祖母和父母，並沒有受到你的回報，是不是？他們把恩情給了你，你給了我們，我們轉給我們的下一代——這不是一個雙向道，這是一個單行道，一直往前遞送下去，人類因此也才能繁衍不息，對不對？

應：唉，對是對的。

龍：媽媽，你馬上要過七十生日。想過死亡這回事嗎？

應：想過。心臟病發是最好的走法。

龍：怕嗎？

應：不怕，反正要來的。

龍：我們從來不曾談過將來的事。

應：無所謂。人死了，都是灰。

龍：葬在台灣？大陸？

應：想葬在我母親身邊。

龍：媽媽，我愛你，你知道嗎？

應：我也愛你，我希望你幸福。

龍應台訪問安安（八歲）、飛飛（四歲）

龍：安安，你剛在台灣留了一個月，有什麼特別深刻的印象？

安：嗯——台北的百貨公司很大很大，玩具很多，漫畫特別多，我最喜歡小叮噹，還有龍貓。

（**飛**：台灣的兒童遊樂區不好玩，沒有沙坑。）

龍：簡叔叔帶你看了場棒球賽，覺得怎樣？

安：沒看過，有點看不懂，大家在喊「全黑打」的時候，我以為打球的是黑人，原來是「全壘打」！

觀眾叫得很大聲，有一個人有點三八，他拿著一面鼓，叫「象隊加油」，又敲又打的。很好玩。

還有，散場了以後，哇，看席上滿滿是垃圾，沒見過那麼多垃圾。

龍：還有什麼特別的？

安：在街上撿到一隻九官鳥——

（**飛**：九官鳥會吹口哨——）外婆買了個籠子把牠裝起來。外公說一定要送派出所，可是警察說，我們抓小偷都來不及，還管你的鳥！所以就變成我們的鳥。

九官鳥一帶回家就說：「買菜去嘍！」然後又對我說：「靠妖！」是閩南語。現在我也會說「靠妖」了。媽媽，下次我要在台灣學閩南語。

龍：好，安安，告訴我你媽媽是個什麼樣的人。

安：你不要問我，我只有壞話可說。

龍：說吧！

安：她很凶，總是管我，中午一定要吃飯，晚上一定要上床。寫功課、刷牙、收拾房間……總是管管管！她以為我還是個 baby ！她還會打我呢！用梳子打手心，很痛呢！

龍：有沒有對你好的時候？

安：我不說。

龍：好吧，談談你自己。你將來想做什麼？

安：恐龍化石專家。

（**飛**：我要做蝙蝠俠。）

龍：不想做作家？

安：才不要呢！每天都要寫字，一點都不好玩。家庭作業都把我寫死了。

龍：你喜歡你弟弟嗎？

安：不喜歡，他不好玩。而且他老欺負我。他打我，我打回去的話，媽媽就說大的要讓小的。不公平。

（**飛**：媽媽來幫我擦屁股——）

龍：你是德國人？中國人？台灣人？

安：都是，是德國人也是中國人，可是不是北京人。北京人講話兒不一樣。

龍：願意永遠留在台灣嗎？

安：才不要呢！台灣小孩每天都在上學上學……都沒有在玩。

龍：想過如果沒有媽媽的話……？

安：那就沒吃的了，也沒人帶我們了。

（**飛**：媽媽你老了嗎？）

龍：安安，你愛我嗎？

安：我不說。你真煩！

一九九四年五月九日

胡龍對話

胡美麗這個女人

我是荒野中的一頭狼，喜歡單獨在夜間行走，尤其在月光籠罩的晚上，有口哨聲的時候。

和你一樣，我有八年的時間沒見到胡美麗。和你一樣，我也想問她：這八年你到哪裡去了？

我們坐在她臥房的落地窗前，下午兩點的陽光揮灑進來，想想看，冬天的陽光！我們不約而同將臉龐抬起，向著陽光，瞇起眼睛。

德國的冬天使人想自殺，她說，你知道嗎？今年十二月，整整一個月，我們這裡的人平均總共享受了十九個小時的太陽，十九個小時！以往的十二月，平均陽光照耀的長度是三十八個小時。

我張眼看她，陽光裡是一張四十歲的女人的臉龐。皮膚的彈性和張力都鬆弛了，皺紋爬滿了額頭和眼角，眼睛下面浮起眼袋。

你憔悴了，胡美麗，我說。

她沒好氣地睨我一眼；還用你來說嗎？我們這種一年回國一次的候鳥最倒楣，一到台北，每一個人抬頭看到你，第一句話就是，「你憔悴了！」因為他們自己之間相濡以沫天天對看，不覺得自己變老；我卻是讓他們一年看一次，每一次他們就對照去年的印象，於是每次都像看到鬼一樣，說，哎呀，你憔悴了！好像他們自己青春永駐哩！

她半認真地發了陣牢騷，然後八歲的兒子進來問：「媽媽，我們可不可以看電視？」她鼓起眼睛作出很凶的樣子罵道：「時間還沒到看什麼電視不是講好每天從四點看到五點現在才兩點半你知道嗎！」

大兒子嘟著嘴出去，四歲的小兒子四腳落地用爬的進來，在胡美麗腳邊磨著，嘴裡還喵嗚喵嗚的叫著。做媽的笑著就要去摟他，他掙扎著不讓她抱，說：「你不要抱我，我是你的貓咪，你丟一條魚給我吃——」

等兩個孩子都到鄰家玩去了，我才有機會問她：為什麼她消失了八年？我呀？她把腿長長地擱在另一張椅子上，兩隻手臂往後托著腦袋，臉仍又向著陽光，我呀？在鬧中年危機，鬧中年危機的人怎麼寫作？

中年危機鬧了八年？我傻了眼，是不是太長了一點？

以下，是胡美麗在那個有陽光的冬日午後對我說的話。她穿著條髒髒舊舊的牛仔褲，光著的腳擱在椅子上，向著陽光的臉龐，看起來還是那麼任性。

二十歲的時候，我以為世界上沒有不可解決的問題，就是被人口販子拿去賣了淪為軍妓，我都有辦法再站起來，只要有意志力，人隨時可以拯救自己。墮落是弱者的自願選擇。

三十歲的時候，我覺得女人只要有覺悟，她可以改變社會、改變自己。八五年為什麼寫《美麗的權利》？因為那個時候的台灣竟然還有女職員由於結婚懷孕而被迫辭職——那是九年前，這情況在九年後改變了嗎？沒有！去年就有一樁。這等於證明，寫了文章也沒用。

女人只是男人的一半！其實，有許多女人喜歡做男人的一半，有許多男人喜歡做女人的全部，這都沒問題，可是也有許多女人不想做人家的一半，她只想做她自己的全部；一個公平的社會必須也給這樣的人有充分發展的機會，不是嗎？

「美麗的權利」也不過就是「充分發展的權利」。我當時所希望看到的，也不過是，有一天，當你問一班外文系的應屆畢業生「畢業想幹什麼」時，不會有三分之二的女生告訴你，她們想到貿易公司去當祕書！

我當然不是說，這些女人都該改口說「我們要去當老闆。」世界上沒有這麼多老闆，不管是男人還是女人。可是這個社會架構認定了老闆是男人做的，祕書是女人做的，而女人又毫不懷疑地認同、擁抱社會所派給自己的角色，這個社會未免太陳腐了吧？

我以為，憑著女人的自覺，憑著人的意志力量，這個陳腐的社會是可以改變的，而且它也已經有所改變，至少，沒有哪個大學校長再敢在會議場合叫「阿花」或「小姐」，你不能不說這是進步。

可是這進步算什麼？《美麗的權利》還沒寫完，該罵的人還沒罵到，我做媽媽了，美麗的權利受到空前的考驗。

生了孩子之後，你可以說是賀爾蒙在作祟，我不可自已地愛上了孩子，不只是自己的孩子，在馬路上走著叫著笑著鬧著的孩子我都忍不住要多看兩眼。幾年來還一直想著是否要收養一個不幸的孩子，讓他分享我滿溢的母愛；只是因為對自己的體力不夠信任，所以沒有付諸行動。好吧，這樣喜愛孩子的人，當然不願意將孩子交出去給別人養，我自己享受都來不及呢！

謝天謝地，讓我做個全職媽媽吧！

咦，為什麼你得帶孩子呢？爸爸到哪裡去了？你應該和他五十比五十的分擔呀！

一個二十二歲的絕頂聰明的新女性向我質問。她在大學裡學建築，通四種語言，將來要做世界一流的建築師。

呃——因為我喜歡小孩，我喜歡看他們在公園裡縱情奔跑，喜歡聽他們牙牙學語，喜歡看他們吃得飽飽的，喜歡看他們睡著的臉龐，尤其喜歡抱著孩子的感覺

可是爸爸的百分之五十呢？年輕的女孩振振有辭地，你的女性主義哪裡去了？

我的女性主義——我有點給她惹毛了——我的女性主義所要求的，是社會給予不同需求的女性都有發揮潛能的機會。我現在想發揮的就是一個全職母親的潛能。做爸爸的那個男人碰巧沒有像我這樣強烈的需求和興趣，因此這是另一種形式的公平分配。五十比五十是假平等，配合個人需求的才是真平等，你懂不懂？

未來的建築師不置可否。

台灣來訪的朋友，不熟的，進門來見到兩個又蹦又跳的小孩馬上就會問：「孩子交給誰帶？」

對不起，胡美麗自己帶！家裡住著的所謂「保母」，其實只管打掃。這個世界是怎麼回事？好像受過多一點教育的女人就該不屑於做母親似的。我生的，我愛養，怎麼樣？

然後，漸漸的，我覺得可以出去教一兩門課，偶爾出遠門旅行個三、四天，透透氣，帶孩子既是全職，那麼我也得休假呀！

現在，輪到那個做爸爸的男人振振有辭了：你怎麼能走？孩子怎麼辦？

我說，保母可以暫代呀！你可以早點下班幫忙呀！

不行，男人說，孩子需要母親（這可是你胡美麗自己說的），保母無可取代。而我呢，我下班回來已經累慘了，不能再帶小孩。

胡美麗當場呆掉。

於是我對男人咆哮，嘿，平時我擔負了教養孩子百分之九十的責任，那是因為我喜歡，不是因為我「活該」，你懂嗎？現在，我只想把我的部分改成七十，你挑上百分之三十，你竟然抱怨？太過分了吧你！

在和男人鬥爭的同時，有一天帶著孩子去一個澳洲朋友家的聚會。女主人安妮把我介紹給另一個客人，一個五十來歲看起來是個成功的商人的男人（凡「成功」的人都會有一種讓你知道他「成功」的眼神和姿態）。當安妮說「美麗是個作家」時，成功的男人慈祥地答道：

「很好！那可以賺點兒外快幫孩子付幼稚園的學費！」

我張口結舌地看著這個面帶慈祥微笑、自信滿滿的五十歲的成功的德國男人。

如果安妮介紹的是個男人，如果安妮說：「這位李大偉先生是個作家」，這個成功的男人會不會慈祥地說：「很好，李大偉先生，那您可以賺點兒外快幫孩子付幼稚園的學費？」

看著這個男人的嘴臉，真可以給他一巴掌，可是，我只是由於太過驚訝而目瞪口呆地看著他，同時理解，這真的不是他一個人的問題，他的背後站著成千上萬的男人——德國男人、中國男人、世界上的男人——以同樣的眼光看著女人，慈祥的、友善的、絕對屈尊的眼光。最近在金殿酒店將女祕書灌醉而後強暴她的男人，想必也有著類似的眼光。

回到家，想跟家裡的這個男人繼續抗爭。晚上，男人回來了，兩眼浮著過度疲勞、睡眠不足的血絲，他頭痛欲裂，他心情沮喪，他的手因為工作壓力而微微顫抖，他的心臟因為缺少新鮮空氣和運動而開始不規則的跳動，他像一個洩了氣的球，被棄置在角落裡。

你說我應該去和他爭回我應有的權利吧！現在，我應該對他說，我帶了一天孩子，現在輪到你男人了。然後「砰」的關上門，我去看電影，或者，拎起行李上機場去了。

可是我沒這麼做。我給他倒了杯葡萄酒，放了熱水在浴盆裡，在熱水中滴上一些綠油精，準備好一疊睡衣，然後呼喚他。在他入浴盆時，我說：「你再這樣下去，不到五十歲你就會死於心臟病。」

那麼，你問我，我是不是就從此心甘情願的讓孩子鎖在家裡呢？沒有，我出門的時候，保母代勞。

保母代勞，和我分擔了對孩子的責任，而那筋疲力盡的男人也得到一點休息；用這個方式暫時解決了我的難題，但是並沒有為這個時代的新女性回答任何問題：有了孩子的男人和女人如何在養育兒女和追求事業之間尋找平衡？國家必須介入到哪一個程度？「男主外、女主內」，如果不是自由選擇，就不公平，但是男女都主「外」的時候，「內」由誰來主？如何平等的主「內」？

謝天謝地我負擔得起保母，但不是每個人都能用我這個方法來解決問題。我喜愛孩子，所以不忍心將孩子托給他人照顧；我喜愛我的工作，所以我捨不得為了孩子完全放棄我的事業。我主張男女平等，所以不允許男人認為「男外女內」是天職；可以當我面對男人因工作壓力而疲憊不堪的臉孔，我又不忍心在他肩上再堆上一份壓力，即使那是本屬於他的一份。

也就是說，我矛盾、我困惑，我這個所謂新女性一旦受到考驗，竟然不知所措。（別告訴我西蒙波娃懂什麼；她根本就不知道小孩是個什麼東西。給我一個更好的例子！）

一個如此矛盾、困惑、不知所措的人，她若是繼續寫文章告訴她的讀者女人該怎麼做女人——那她豈不是偽君子？我可以不聰明，但我不可以虛偽。

所以，四十歲的我，發覺一旦加上孩子這一環，男女平等的問題就變得雙倍的複雜。更何況，人走到中年，難免要問：這下一半的路是否仍舊這樣走下去？現代人懷疑一切、質疑一切，婚姻這個機構更不能免。在我看來，婚姻與個人的關係就如同國家機器和公民的關係。一個人需要安全，所以要婚姻，也要國家；但是人又渴求自由，隨時有想逃避婚姻、反抗國家機器膨脹的欲望。婚姻和國家機器一樣，兩者都是必要之惡。

我自己？我是荒野中的一頭狼，喜歡單獨在夜間行走，尤其在月光籠罩的晚上，有口哨聲的時候。

其他你就不必問了。這個世界有太多的問題最後只有自己知道答案。或者沒有。

一九九四年三月八日

龍應台這個人

胡美麗

我寫文章的時候，並不自覺是「女性」，而是一個沒有性別、只有頭腦的純粹的「人」在分析事情。

龍應台與我從小一起長大。她翹課的時候，我也背著書包一塊兒離家出走。街上逛著無聊，就去偷看電影。兩個女生背著書包，不容易混在人群中假裝是別人的小孩攜帶入場，只好去爬戲院的後牆。裙子都扯破了，土頭土臉地翻身落地，卻讓守候著的售票員一手拎一個人，扔出門外：兩個十歲大的女孩。

讀台南女中的時候，她就是個思想型的人。學校的功課不怎麼傑出，大概在第十名左右，卻很花時間地看羅素、尼采的哲學書；半懂不懂地看。放學之後，我把頭髮捲起來，換上花哨的裙子偷偷去和男生約會，她卻只用她單純的眼睛望著我問：「你跟那些男生談些什麼呢？」我認為她是嫉妒男孩子喜歡我。

《野火集》的個性大概在高中就看得出來。龍應台特別瞧不起一位地理老師——他不但口齒不清、思緒紊亂，而且上課時老是重複自己的私生活故事。上地理課時，我們一般人就樂得打瞌睡、傳紙條；下了課跟老師也畢恭畢敬。龍應台卻嫉惡如仇，一見到這位老師就把頭偏開，別說鞠躬招呼了，連正眼也不瞧他。後來基隆有個學生用斧頭砍死了一個老師；女中這位地理老師問龍應台：

「你是不是也想用斧頭砍我？」

她就回說：

「你有這麼壞嗎？」

一九七〇年，我們又一起進了成功大學外文系。脫離了修道院式的女校環境，龍應台也開始有男朋友了。成大的女生本來就少，龍應台長相普通但並不嚇人，又是一副有「深度」的樣子，所以追求她的人也還有幾個。可是我常笑她保守，仍舊相信「男朋友就是將來要結婚的人」這回事。後來她當然沒有跟當年的男朋友結婚。

我想我比她聰明。

二十三歲，她一去美國就開始教書——在大學裡教正規的美國大學生如何以英文寫作，如何作縝密的思考。對一個外國人來說，這是莫大的挑戰。

「美國人心胸的開闊令我驚訝，」她來信說，「他們並不考慮我是一個講中文的外國人，卻讓我在大學裡教他們的子弟『國文』。你想台灣的大學會讓一個外國留學生教大一作文嗎？」

三十歲那年她取得了英文的博士學位，同時在紐約教書；教美國小說、現代戲劇。她的來信仍舊很殷勤，帶點日記的味道：

到學校我通常不走大路，走野路，要穿過一片很密的樹林、躍過一條小溪，所以我經常是一條粗布褲、一雙髒球鞋的模樣在教課。秋天了，今早的小溪落滿了斑斕的楓葉。昨夜大概下了一點雨，水稍漲，就把我平常踏腳的石頭淹住了。我折了一大束柳枝當橋過。森林裡的落葉踩起來嘩啦嘩啦的一路跟著我響。……

離上課還有點時間，我就在乾葉堆裡坐了下來。滿山遍野都是秋天燃燒的色彩。……三十歲的我要回台灣了，有點忐忑，不知道能不能應付新的環境？

不管能不能應付，她回來了。回來一年之後，就開始寫文學批評，得罪了不少作家還有作家的朋友；寫社會批評，得罪了更多的人，可是得罪不得罪，她的文字像一顆石頭丟進水塘裡，激起相當的震盪。《龍應台評小說》這麼枯燥的書一個月之後，就連印了四版；《野火集》的每一篇刊出的文章經常被張貼在中學、大學的布告欄上。

•

胡：龍應台，讀者對「野火」專欄的反應你滿意嗎？

龍：收到的來信的確很多。從〈中國人，你為什麼不生氣〉在一九八四年十一月刊出以來，讀者來信每天大量湧入。大多數表示支持，大概有百分之五卻比較「自衛」，認為批評台灣就是「崇洋媚外」。

胡：你是不是真的有「外國的月亮圓」的傾向呢？

龍：外國月亮並不都「圓」，世界上有些國家比台灣好，有些比台灣差；但是為什麼要跟差的比？

胡：你能夠分析為什麼你的文章吸引那麼多讀者嗎？

龍：很多人可能覺得《野火》「敢說話」，痛快。但是這個理由是悲哀的。在一個真正基於民意的民主社會裡，「敢說話」應該不是一件了不起的事，因為人人都有權利「敢說話」，人人都「敢說話」。作者以「敢說話」而受到讚美，對這個社會其實是個諷刺。

胡：所以你對台灣的言論自由尺度不滿意？

龍：開玩笑吧?!現在狀態的台灣，任何有良知、有遠見的知識分子都不會「滿意」吧。

胡：那麼《野火集》又能怎麼樣？

龍：也不見得能怎麼樣。重要的是觀念的傳播。譬如，你注意到我通常避免討論事件本身的枝節，而著重在觀念的探討。譬如省農會對養豬戶片面解約的事，我所關注的不是農林廳應如何解決問題，而是老百姓對政府的觀念。「野火」的每一篇大致都在設法傳播一種開放、自由、容忍，與理性的對事態度。能有多大效果呢？寫作的人也不問成果吧?!做了再說。

胡：發覺龍應台是個女的，大家都吃一驚。在行文之中，你會不會有意掩藏你的性別？

龍：因為我完全不露面——不演講不座談不受訪，讀者大多以為我是男性，那固然是因為「龍應台」的名字非常男性化，主要卻因為我的文章是屬於理性、知性的。我們的社會把男女定型，認為男的剛、女的柔，「女」作家就非寫風花雪月、眼淚愛情不可。就讓我的文章風格作為一種反證吧！你說它是對這種男女定型傳統觀念的挑戰也未嘗不可。要講「軟」的作品，無名氏的愛情小說不「軟」嗎？怎麼不稱他為「女」作家呢？

「軟」作品並不等於「壞」作品，但是不能以性別來區分；我們有得是多愁善感的男人或堅強理智的女人，都沒什麼不對。至於認為只有男人寫得出思考縝密、筆鋒銳利的文章來，那是偏見。

不過，男女問題好像是你胡美麗的領域——怎麼問我呢？我對女權不女權的沒有什麼興趣！台灣的婦女好像蠻平等的嘛！我有個男同事就常說：你看，賈母不是拿大權的嗎？婆婆的地位不尊貴嗎？中國根本就是個母系社會。

胡：放屁！

龍：別！

胡：說這種話的男人簡直缺乏大腦。他不想想看賈母的權是熬過多少年、多少階層的痛苦而來的？在沒有變成虎姑婆之前，哪個女人不是從女兒、媳婦、妻子、母親一步步過來？掌權之前她過什麼樣的生活？更何況，掌權之後的婆婆也倒過來磨媳婦，使另一個女人受苦。用這個例子來證明中國傳統男女平等簡直是幼稚。

龍：聽說你的讀者來信也很多？

胡：是啊！很多年輕女性來信談她們的遭遇和委屈，很喜歡胡美麗。年輕的男人有時候會寫「胡美麗我愛你」——還蠻誠懇的。年齡大一點的男人就會寫很侮辱、很難聽的字眼罵我。

龍：不難過嗎？

胡：一點也不。這些人罵，代表保守的阻力；如果沒有這樣的阻力，胡美麗的文章也就沒什麼稀奇了。可是很多女性來信支持我的觀念，表示台灣逐漸地在形成一個新女性的自覺；很慢很慢，但是比沒有好。

你別喧賓奪主。談談你的異國婚姻吧?!

龍：那是我的私生活，不想公開。

胡：你為什麼嫁給一個外國人？

龍：你為什麼聽貝多芬？那是「外國」音樂。

胡：你對中國男人沒有興趣嗎？

龍：胡博士，結了婚的女人還談對男人的興趣嗎？你是不是缺乏一點道德觀？

胡：你好迂腐！

結婚不是賣身。受異性吸引的本能不會在你發了誓、簽了約之後就消滅了。結了婚的女人當然有權利同時喜歡丈夫以外的男人，只不過，為了保護她當初的選擇，她或許不願意讓那分「喜歡」發展到足以危害到她婚姻的程度。但是她盡可以與丈夫以外的男人作朋友，甚至作談心的知交。可以很自然地交往。我不能想像一對年輕男女結婚簽約之後就說：從此，我只有你，你只有我。與異性的來往一刀兩斷，這種囚禁式的關係不是很可怕嗎？

龍：「胡美麗」這個名字你不嫌它俗氣嗎？

胡：我喜歡俗氣。人有俗氣的權利。「胡美麗」也是「不美麗」的意思，做為女人，美麗不應該是我的人生目標。

《龍應台評小說》才上市一個月就印了四版，還上了金石堂的暢銷書單。出版界的人士說文學批評的書賣得這樣好非常難得。你的反應呢？

龍：寫書評其實抱著一個很單純的目的：希望推動台灣的批評風氣，開始一個鋒利而不失公平、嚴肅卻不失活潑的書評，而且希望突破文壇的小圈圈，把看書評變成讀書大眾的習慣。《龍應台評小說》有人買，使我發覺或許台灣確實有足夠的知性讀者，了解書評的重要。我希望多一點人來加入評論的工作，小說批評、詩評、劇評、樂評、藝術評論、影評。

胡：有人說，龍應台這麼敢直言，因為她是女的——大家對女性還是「寬容」一點。或說，因為她不會在台灣生根，可以不顧及人際關係。或說，因為她不認識文壇中人，所以沒有人情負擔。你認為呢？

龍：第一點好像不能成立。我寫了頗長一段時間，大家都以為我是男的；沒有什麼「寬容」可言。說我沒有人際關係的牽絆，所以能暢所欲言，這是對我個性的不了解。譬如馬森，我們認識而且我很喜歡這個人，我評他的《孤絕》，照樣「六親不認」。而馬森自己也很有氣度，他剛巧也同意我所提出的一些看法，在他新版的《孤絕》裡就作了一些更改。良性的正面的互動是可能的。

胡：可是寫書評確實容易得罪朋友。

龍：柏楊在好幾年前就寫過一篇文章呼籲書評的重要。他說了一個故事：幾隻小老鼠會討論如何對付一隻凶貓；最好的辦法是在貓脖子上掛個銅鈴，那麼貓一來銅鈴就叮噹作響，小鼠兒就可以躲起來。主意是好極了。卻行不通——誰去往貓脖子上掛銅鈴?!

寫書評我只不過是那個自告奮勇去掛銅鈴的老鼠罷了。

胡：有人說你是以西方的文學理論模式套在中國的作品上。同意這種說法嗎？

龍：這個問題不那麼簡單。用西方的某些理論來注釋中國古典文學，譬如用心理分析中的象徵來讀李商隱的詩，不見得不能另闢蹊徑，別有洞天。但是如果以它來「評價」古典作品，那就難了，因為文學離不開大的文化傳統的譜系。東西傳統文化差異很大，一不小心就會陷入「用三圍標準來評價宋朝美女」的尷尬。

可是現代作品就不太一樣。當代的作家——看看白先勇、張系國或馬森，或者所謂「鄉土」的王禎和、黃春明；哪一個沒聽過什麼敘事觀點或意識流，誰不熟悉所謂「存在的意義」或「現代人的孤絕感」？現代的東方與西方已經有某個程度的共通的「語言」，寫作的技巧——譬如象徵，譬如內心的獨白，以及所關切的主題——海明威的個人意義或卡夫卡的孤絕感等等——有了跨區的普遍性。

在這種多面的、開放的、交流式的文化環境中，所謂以「西方」理論來評定東方的作品可能應該說是以「現代」理論來看東方「當代」作品。重點不在東西之異，而在現代之「同」。

胡：在公開場合，你為什麼從來不承認你和我胡美麗是至交好友，是知心的伴侶？

龍：我並不完全喜歡你。你有女人的虛榮心：喜歡美麗的衣裙，喜歡男人，喜歡男人愛慕你，很膚淺啊。你的文章完全以女性的觀點為出發點，而且語言潑辣大膽，帶點驕橫。我寫文章的時候，並不自覺是「女性」，而是一個沒有性別、只有頭腦的純粹的「人」在分析事情。

胡：我才看不慣你那個道德家的派頭。難道寫《野火集》的人就不會優柔寡斷、多愁善感、天真幼稚、惶恐害怕？你不肯承認我，恐怕是我太真了吧？

一九八五年九月

面對

社會，不管東方或西方，對女性的有形和無形的壓抑帶給我最切身的感受。

台北的書店明亮華麗，紙張昂貴、設計精緻的書映眼滿坑滿谷，有點排山倒海的架勢。新書上市不到一星期，已經被下一波更新的書淹上來，覆沒，不見了。隔天的舊報紙還可以拿去包市場裡的鹹魚，書，連被賣掉的機會還沒有就已被卸下、遺忘。那被賣掉的書也都是速食品，匆匆吞下，草草拋掉，下一餐速食又來了。

每次跨進那明亮華麗的書店，就難免自疑：我寫書，在這二十世紀末的時空裡，究竟有什麼意義？

這些文章，我知道，既不能為生民立命、為萬世開什麼太平，也不能教人如何「遊山、玩水、看花、釣魚、探梅、品茗」，享受人生的藝術。但是如果把我當作二十世紀末中華文化裡的一個小小的典型，這些文字也許在有意無意間體現了我們這個時代的焦慮。

焦慮，意味著面對問題追索答案而不可得的一種苦悶；苦悶促動書寫，書寫成為一種邀請，邀請有同樣焦慮的讀者共同追索。我所面對的問題往往出發自「我是什麼」的自覺。

毫無選擇地，我是中華文化的兒女。當我站立在耶路撒冷的山丘上，俯視西元前七二二年以色列國被滅亡的古蹟，我必須聯想，是的，大約在同一時候，我們的春秋時代開始。當我讀歐洲史，知道一八五〇年前後維也納革命、米蘭暴動、俄軍鎮壓匈牙利革命等等，我不得不想起，是的，那時的兩廣正鬧著大饑荒、上海市民攻擊傳教士、洪秀全正邁向廣西桂平金田村……

我生來不是一張白紙；在我心智的版圖上早就浮印著中國歷史和文化的輪

廓。我讀萬卷書、行萬里路，卻總是以這心中的輪廓去面對世界，正確地說，應該是西方世界。怎麼叫「面對」呢？面對不言而喻隱含著對抗的意思。一個歐洲人，絕對不會說，他一生下來就「面對」東方文化，因為他的文化兩個世紀以來一直是世界的主流，他生下來只有自我意識，沒有對抗意識。而我的中國文化輪廓上卻無時無刻不浮現著西方文化的深深投影，有些地方參差不齊，有些地方格格不入。

我在法蘭克福與布拉格、維也納與斯德哥爾摩之間來來去去，一方面質疑我原有的輪廓，一方面想擺脫那西方投影的籠罩。走到二十世紀末，回首看見許多前人焦慮的身影：嚴復、康有為、胡適之、蔣夢麟……這條路，我們還沒走出去。

毫無選擇地，我是個台灣人。許多其他社會要花四百年去消化的大變，台灣人民短短四十年裡急速地經驗，從獨裁到民主，從貧窮到富裕，還有因為太過急速而照顧不及的人生品質的鄙劣……我們這一代人因此對時代的變動、歷史的推演有身受的敏感。而身為台灣人，所謂時代和歷史又脫離不了他必須「面對」的海峽對岸的中國大陸。

我生下來，就不是一張白紙，紙上浮印著中原文化的輪廓。我以這個既有的輪廓去體驗自己生長的台灣，逐漸發覺其間參差不齊、格格不入的銜接處。從國民黨一黨專政時期對中原文化的一廂情願，到民主時期對中原文化的反省和對台灣本土的重新認識，以至於對「重新認識台灣」這個過程的戒慎恐懼，我無非在一貫地尋找一條不落意識形態窠臼的新路；我在對抗舊的成見。

毫無選擇地，我是個女人。生下來便不是白紙，紙上浮印著千年刻就的男權價值體系。女人是溫順柔和、謙讓抑己的，男人是剛強勇敢、積極進取的；男人的成功必須倚賴他身後一個犧牲自我、成全他人的輔助性的女人。帶著這樣一個先天印下的輪廓，我開始體驗自己的人生，然後大驚失色地發覺：那格格不入之處遠遠地超過任何東西文化之爭、任何大陸台灣之隔。社會，不管東方或西方，對女性的有形和無形的壓抑帶給我最切身的感受。

於是原來純屬抽象理念之辯的什麼自由、人權、公平等等，突然變成和包子饅頭一樣萬分具體的生活實踐。我的「命」比蘇青、張愛玲要好，生在一個原有價值系統已經相當鬆動的時代，但是相對地，我對於屬於女性的人權、公平的要求也遠比前輩高。面對男權社會的巨大投影，我在做我小小的對抗的思索。

最後，毫無選擇地，而可能也是最重要的，我什麼也不是，只是我自己。我對世界有著超出尋常的好奇；因為好奇，我得以用近乎童稚的原始眼光觀照世界的種種，這種眼光往往有意想不到的穿透力。我對人和事又懷著極大的熱情，熱情使我對人世的山濃谷豔愛戀流連。別人的流連也許以華麗的辭藻托出，我卻喜歡簡單，總想讓自己的文字如連根拔起的草，草根上黏沾濕潤的泥土。作為我自己，我什麼也不想面對，除了那一碧如洗的天空。

一九九六年

INK PUBLISHING
龍應台作品集 06
美麗的權利

作　　者　龍應台
總 編 輯　初安民
責任編輯　施淑清　陳健瑜
美術編輯　黃昶憲　陳淑美
校　　對　吳美滿　施淑清

發 行 人　張書銘
出　　版　INK印刻文學生活雜誌出版有限公司
新北市中和區建一路249號8樓
電話：02-22281626
傳眞：02-22281598
e-mail：ink.book@msa.hinet.net
網　　址　舒讀網http://www.sudu.cc

法律顧問　巨鼎博達法律事務所
施竣中律師
總 經 銷　時報文化出版企業股份有限公司
電話：02-23066842（代表號）
地址：桃園市龜山區萬壽路二段351號
印　　刷　海王印刷事業股份有限公司

出版日期　2016年4月　初版
2016年5月4日　初版六刷
ISBN　978-986-387-088-3（平裝）
定價　280元

國家圖書館出版品預行編目資料

美麗的權利／龍應台 著；
--初版，--新北市中和區：INK印刻文學，
2016.04 面；公分.（龍應台作品集；06）
ISBN 978-986-387-088-3（平裝）

855　105002566